风的去处便是我的去处

沈从文 著

天地出版社 | TIANDI PRESS

出版说明

沈从文是中国著名作家,1924年开始从事文学创作,曾两度提名诺贝尔文学奖,被誉为20世纪中国文学"无冕之王"。他的作品,满是自然的美丽、生命的美好、人性的纯粹,同时不乏对人生的思考。

本次出版的系列图书,经沈从文之子沈龙朱授权、审定,精选沈从文80篇经典作品,分为三册,从多方面展现了他真实、丰富、多彩的人生。其中,《我在阳光下往返春天》21篇,讲述人间烟火事、湘水多情人等,记录生活的美好与温暖;《风的去处便是我的去处》30篇,通过对人生经历、爱情等的描写,展现年轻人对梦想与爱的孜孜追求;《我的心涂上了月的光明》29篇,讲述作者南下返乡,一路所见的人、事、物,抒发对自然生命的感悟、对妻子的深刻思念。沈从文以古朴浪漫的语言，以生动细腻的笔触，展现了湘西世界的自然风光与人文风情，满是自然和人性之美，给人们的心灵开辟了一方净土。

由于沈从文作品基本作于民国时期，语言描写具有鲜明的时代特色，编辑在加工处理时，以呈现原汁原味的沈从文作品为原则，尽量保留作者原本的行文用字，如"熟习""希奇""年青"等；个别难以理解的词语则以脚注形式进行注释。另外，每篇文末尽可能注明写作时间和原文出处，方便读者了解其背景。

本系列图书主要参校以下几个版本：

一、民国时期出版的作品集，如《长河》《鸭子》《入伍后》《烛虚》等。

二、人民文学出版社出版的作品集，如《沈从文散文》《边城　湘行散记》《从文自传》等。

三、四川人民出版社出版的《沈从文选集》（全五卷），沈从文研究专家凌宇编选。

四、岳麓书社出版的《沈从文别集》，沈虎雏编选，包括《湘行集》《凤凰集》《边城集》等二十种。

目 录

第一章 永远学不尽的人生

我所生长的地方 / 003

我的家庭 / 009

我读一本小书同时又读一本大书 / 012

我上许多课仍然不放下那一本大书 / 029

辰州 / 044

学历史的地方 / 052

一个转机 / 059

我年轻时读什么书 / 067

月下 / 073

泊缆子湾 / 078

今天只写两张 / 083

第三张…… / 087

第二章 爱在呼吸之间

鸭窠围的梦 / 090

天明号音 / 093

再到柳林岔 / 095

重抵桃源 / 099

流光 / 103

一封未曾付邮的信 / 108

遥夜（节选） / 113

绿魇 / 125

第三章 在日光下生活

白魇 / 156

黑魇 / 166

小草与浮萍 / 181

生命 / 188

第四章 浮生如一梦

给低着头的葵 / 195
月下小景 / 199
Lǎomei, zuohen! / 218
潜渊 / 227
生之记录 / 234
水车 / 250

第一章
永远学不尽的人生

我的心总得为一种新鲜声音,新鲜颜色,新鲜气味而跳。我得认识本人生活以外的生活。

我所生长的地方

拿起我这支笔来,想写点我在这地面上二十年所过的日子,所见的人物,所听的声音,所嗅的气味,也就是说我真真实实所受的人生教育,首先提到一个我从那儿生长的边疆僻地小城时,实在不知道怎样来着手就较方便些。我应当照城市中人的口吻来说,这真是一个古怪地方!只由于两百年前满人治理中国土地时,为镇抚与虐杀残余苗族,派遣了一队戍卒屯丁驻扎,方有了城堡与居民。这古怪地方的成立与一切过去,有一部《苗防备览》记载了些官方文件,但那只是一部枯燥无味的官书。我想把我一篇作品里所简单描绘过的那个小城,介绍到这里来。这虽然只是一个轮廓,但那地方的一切情景,却浮凸起来,仿佛可用手去摸触。

一个好事人，若从一百年前某种较旧一点的地图上去寻找，当可在黔北、川东、湘西一处极偏僻的角隅上，发现了一个名为"镇筸"的小点。那里同别的小点一样，事实上应当有一个城市，在那城市中，安顿下三五千人口。不过一切城市的存在，大部分皆在交通、物产、经济活动情形下面，成为那个城市枯荣的因缘，这一个地方，却以另外一个意义无所依附而独立存在。试将那个用粗糙而坚实的巨大石头砌成的圆城作为中心，向四方展开，围绕了这边疆僻地的孤城，约有五百左右的碉堡，二百左右的营汛。碉堡各用大石块堆成，位置在山顶头，随了山岭脉络蜿蜒各处走去；营汛各位置在驿路上，布置得极有秩序。这些东西在一百八十年前，是按照一种精密的计划，各保持相当距离，在周围数百里内，平均分配下来，解决了退守一隅常作"蠢动"的边苗"叛变"的。两世纪来清朝的暴政，以及因这暴政而引起的反抗，血染红了每一条官路同每一个碉堡。到如今，一切完事了，碉堡多数业已毁掉了，营汛多数成为民房了，人民已大半同化了。落日黄昏时节，站到那个巍然独在万山环绕的孤城高处，眺望那些远近残毁的碉堡，还可依稀想见当时角鼓火炬传警告急的光景。这地方到今日，已因为变成另外一种军事重心，一切皆用一种迅速的姿势在改变，在进步，同时这种进步，也就正消灭到过去一切。

凡有机会追随了屈原溯江而行那条常年澄清的沅水，向上游去的旅客和商人，若打量由陆路入黔入川，不经古夜郎国，不经永顺、龙山，都应当明白"镇算"是个可以安顿他的行李最可靠也最舒服的地方。那里土匪的名称不习惯于一般人的耳朵。兵卒纯善如平民，与人无侮无扰。农民勇敢而安分，且莫不敬神守法。商人各负担了花纱同货物，洒脱的向深山中村庄走去，与平民作有无交易，谋取什一之利。地方统治者分数种：最上为天神，其次为官，又其次才为村长同执行巫术的神的侍奉者。人人洁身信神，守法爱官。每家俱有兵役，可按月各自到营上领取一点银子，一份米粮，且可从官家领取二百年前被政府所没收的公田耕耨播种。城中人每年各按照家中有无，到天王庙去杀猪，宰羊，磔狗，献鸡，献鱼，求神保佑五谷的繁殖，六畜的兴旺，儿女的长成，以及作疾病婚丧的禳解。人人皆依本分担负官府所分派的捐款，又自动的捐钱与庙祝或单独执行巫术者。一切事保持一种淳朴习惯，遵从古礼；春秋二季农事起始与结束时，照例有年老人向各处人家敛钱，给社稷神唱木傀儡戏。旱暵祈雨，便有小孩子共同抬了活狗，带上柳条，或扎成草龙，各处走去。春天常有春官，穿黄衣各处念农事歌词。岁暮年末，居民便装饰红衣傩神于家中正屋，捶大鼓如雷鸣，苗巫穿鲜红如血的衣服，吹镂银牛角，拿铜刀，踊跃歌舞娱神。城中的住民，多当时派遣移来的戍卒屯丁。此外则有江西人在此卖布，福建人在此卖烟，广东人在此卖药。地方由少数读书人与多数军官，在政治上与婚姻上两面的结合，产生一个上层阶级，这阶级一方面用一种保守稳健的政策，长时期管理政治，一方面支配了大部分属于私有的土地；而这阶级的来源，却又仍然出于当年的戍卒屯丁。地方城外山坡上产桐树杉树，矿坑中有朱砂水银，松林里生菌子，山洞中多硝。城乡全不缺少勇敢忠诚适于理想的兵士，与温柔耐劳适于家庭的妇人。在军校阶级厨房中，出异常可口的菜饭；在伐树砍柴人口中，出热情优美的歌声。

地方东南四十里接近大河，一道河流肥沃了平衍的两岸，多米，多橘柚。西北二十里后，即已渐入高原，近抵苗乡，万山重叠。大小重叠的山中，大杉树以长年深绿逼人的颜色，蔓延各处。一道小河从高山绝涧中流出，汇集了万山细流，沿了两岸有杉树林的河沟奔驶而过，农民各就河边编缚竹子作成水车，引河中流水，灌溉高处的山田。河水长年清澈，其中多鳜鱼、鲫鱼、鲤鱼，大的比人脚板还大。河岸上那些人家里，常常可以见到白脸长身见人善作媚笑的女子。小河水流环绕"镇筸"北城下驶，到一百七十里后方汇入辰河，直抵洞庭。

这地方又名凤凰厅，到民国后便改成了县治，名凤凰县。辛亥革命后，湘西镇守使与辰沅道皆驻节在此地。地方居民不过五六千，驻防各处的正规兵士却有七千。由于环境的不同，直到现在其地绿营兵役制度尚保存不废，为中国绿营军制唯一残留之物。

我就生长到这样一个小城里，将近十五岁时方离开。出

风的去处便是我的去处

门两年半回过那小城一次以后,直到现在为止,那城门我不曾再进去过。但那地方我是熟习的。现在还有许多人生活在那个城市里,我却常常生活在那个小城过去给我的印象里。

选自《从文自传》,开明书店一九三八年七月版

我的家庭

咸同之季，中国近代史极可注意之一页，曾、左、胡、彭所领带的湘军部队中，筸军有个相当的位置。统率筸军转战各处的是一群青年将校，原多卖马草为生，最著名的为田兴恕。当时同伴数人，年在二十左右，同时得到清朝提督衔的共有四位，其中有一沈洪富，便是我的祖父。这青年军官二十二岁左右时，便曾做过一度云南昭通镇守使。同治二年①，二十六岁又做过贵州总督，到后因创伤回到家中，终于便在家中死掉了。这青年军官死去时，所留下的一分光荣与一分产业，使他后嗣在本地方占了个较优越的地位。祖父本无子息，祖母为住乡下的叔祖父沈洪芳娶了个苗族姑娘，生了两

---

① 同治二年：即1863年。——本书注释均为编者所加

个儿子，把老二过房给祖父作儿子。照当地习惯，和苗人所生儿女无社会地位，不能参与文武科举，因此这个苗女人被远远嫁去，乡下虽埋了个坟，却是假的。我照血统说，有一部分应属于苗族。我四五岁时，还曾到黄罗寨乡下去那个坟前磕过头，到一九二二年离开湘西时，在沅陵才从父亲口中明白这件事情。

就由于存在本地军人口中那一分光荣，引起了后人对军人家世的骄傲，我的父亲生下地时，祖母所期望的事，是家中再来一个将军。家中所期望的并不曾失望，自体魄与气度两方面说来，我爸爸生来就不缺少一个将军的风仪。硕大，结实，豪放，爽直，一个将军所必需的种种本色，爸爸无不兼备。爸爸十岁左右时，家中就为他请了武术教师同老塾师，学习做将军所不可少的技术与学识。但爸爸还不曾成名以前，我的祖母却死去了。那时正是庚子联军入京的第三年。当庚子年大沽失守，镇守大沽的罗提督自尽殉职时，我的爸爸便正在那里做他身边一员裨将。那次战争据说毁去了我家中产业的一大半。由于爸爸的爱好，家中一点较值钱的宝货常放在他身边，这一来，便完全失掉了。战事既已不可收拾，北京失陷后，爸爸回到了家乡。第三年祖母死去。祖母死时我刚活到这世界上四个月。那时我头上已经有两个姐姐，一个哥哥。没有

第一章　永远学不尽的人生

庚子的战争，我爸爸不会回来，我也不会存在。关于祖母的死，我仿佛还依稀记得包裹得紧紧的，我被谁抱着在一个白色人堆里转动，随后还被搁到一个桌子上去。我家中自从祖母死后十余年内不曾死去一人，若不是我在两岁以后做梦，这点影子便应当是那时唯一的记忆。

我的兄弟姊妹共九个，我排行第四，除去幼年殇去的姊妹，现在生存的还有五个，计兄弟姊妹各一，我应当在第三。

我的母亲姓黄，年纪极小时就随同我一个舅父外出在军营中生活，所见事情很多，所读的书也似乎较爸爸读的稍多。外祖黄河清是本地最早的贡生，守文庙做书院山长，也可说是当地唯一读书人。所以我母亲极小就认字读书，懂医方，会照相。舅父是个有新头脑的人物，本县第一个照相馆是那舅父办的，第一个邮政局也是舅父办的。我等兄弟姊妹的初步教育，便全是这个瘦小、机警、富于胆气与常识的母亲担负的。我的教育得于母亲的不少，她告我认字，告我认识药名，告我决断——做男子极不可少的决断。我的气度得于父亲影响的较少，得于妈妈的似较多。

选自《从文自传》，开明书店一九三八年七月版

我读一本小书同时又读一本大书

我能正确记忆到我小时的一切,大约在两岁左右。我从小到四岁左右,始终健全肥壮如一只小豚。四岁时母亲一面告给我认方字,外祖母一面便给我糖吃,到认完六百生字时,腹中生了蛔虫,弄得黄瘦异常,只得每天用草药蒸鸡肝当饭。那时节我就已跟随了两个姐姐,到一个女先生处上学。那人既是我的亲戚,我年龄又那么小,过那边去念书,坐在书桌边读书的时节较少,坐在她膝上玩的时间或者较多。

到六岁时,我的弟弟方两岁,两人同时出了疹子。时正六月,日夜皆在吓人高热中受苦。又不能躺下睡觉,一躺下就咳嗽发喘。又不要人抱,抱时全身难受。我还记得我同我那弟弟两人当时皆用竹簟卷好,同春卷一样,竖立在屋中阴凉处。家中人当时业已为我们预备了两具小小棺木,搁在廊下。十分幸运，两人到后居然全好了。我的弟弟病后家中特别为他请了一个壮实高大的苗妇人照料，照料得法，他便壮大异常。我因此一病，却完全改了样子，从此不再与肥胖为缘，成了个小猴儿精了。

六岁时我已单独上了私塾。如一般风气，凡是私塾中给予小孩子的虐待，我照样也得到了一份。但初上学时，我因为在家中业已认字不少，记忆力从小又似乎特别好，比较其余小孩，可谓十分幸福。第二年后换了一个私塾，在这私塾中我跟从了几个较大的学生，学会了顽劣孩子抵抗顽固塾师的方法，逃避那些书本去同一切自然相亲近。这一年的生活形成了我一生性格与感情的基础。我间或逃学，且一再说谎，掩饰我逃学应受的处罚。我的爸爸因这件事十分愤怒，有一次竟说若再逃学说谎，便当砍去我一个手指。我仍然不为这话所恐吓，机会一来时总不把逃学的机会轻轻放过。当我学会了用自己的眼睛看世界一切，到不同社会中去生活时，学校对于我便已毫无兴味可言了。

我爸爸平时本极爱我，我曾经有一时还做过我那一家的中心人物。稍稍害点儿病时，一家人便光着眼睛不睡眠，在床边服侍我，当我要谁抱时谁就伸出手来。家中那时经济情形还很好，我在物质方面所享受到的，比起一般亲戚小孩似乎都好得多。我的爸爸既一面只做将军的好梦,一面对于我却怀了更大的希望。他仿佛早就看出我不是个军人,不希望我做将军,却告给我祖父的许多勇敢光荣的故事,以及他庚子年间所得的一分经验。他因为欢喜京戏,只想我学戏,做谭鑫培。他以为我不拘做什么事,总之应比做个将军高些。第一个赞美我明慧的就是我的爸爸。可是当他发现了我成天从塾中逃出到太阳底下同一群小流氓游荡,任何方法都不能拘束这颗小小的心,且不能禁止我狡猾的说谎时,我的行为实在伤了这个军人的心。同时那小我四岁的弟弟,因为看护他的苗妇人照料十分得法,身体养育得强壮异常,年龄虽小,便显得气派宏大,凝静结实,且极自重自爱,故家中人对我感到失望时,对他便异常关切起来。这小孩子到后来也并不辜负家中人的期望,二十二岁时便做了步兵上校。至于我那个爸爸,却在蒙古、东北、西藏各处军队中混过,民国二十年①时还只是一个上校,在本地土著军队里做军医(后改为中医院长),把将军希望留在弟弟身上,在家乡从一种极轻微的疾病中便瞑目了。

我有了外面的自由,对于家中的爱护反觉处处受了牵制,因此家中人疏忽了我的生活时,反而似乎使我方便了好些。领

---

① 民国二十年:即1931年。

导我逃出学塾,尽我到日光下去认识这大千世界微妙的光,希奇的色,以及万汇百物的动静,这人是我一个张姓表哥。他开始带我到他家中橘柚园中去玩,到城外山上去玩,到各种野孩子堆里去玩,到水边去玩。他教我说谎,用一种谎话对付家中,又用另一种谎话对付学塾,引诱我跟他各处跑去。即或不逃学,学塾为了担心学童下河洗澡,每到中午散学时,照例必在每人手心中用朱笔写个大字,我们尚依然能够一手高举,把身体泡到河水中玩个半天。这方法也亏那表哥想出的。我感情流动而不凝固,一派清波给予我的影响实在不小。我幼小时较美丽的生活,大部分都同水不能分离。我的学校可以说是在水边的。我认识美,学会思索,水对我有极大的关系。我最初与水接近,便是那荒唐表哥领带的。

现在说来,我在做孩子的时代,原本也不是个全不知自重的小孩子。我并不愚蠢。当时在一班表兄弟和弟兄中,似乎只有我那个哥哥比我聪明,我却比其他一切孩子懂事。但自从那表哥教会我逃学后,我便成为毫不自重的人了。在各样教训、各样方法管束下,我不欢喜读书的性情,从塾师方面,从家庭方面,从亲戚方面,莫不对于我感觉到无多希望。我的长处到那时只是种种的说谎。我非从学塾逃到外面空气下不可,逃学过后又得逃避处罚。我最先所学,同时拿来致用的,也就是根据各种经验来制作各种谎话。我的心总得为一种新鲜声音，新鲜颜色，新鲜气味而跳。我得认识本人生活以外的生活。我的智慧应当从直接生活上吸收消化，却不须从一本好书、一句好话上学来。似乎就只这样一个原因，我在学塾中，逃学纪录点数，在当时便比任何一人都高。

离开私塾转入新式小学时，我学的总是学校以外的。到我出外自食其力时，我又不曾在职务上学好过什么。二十年后我"不安于当前事务，却倾心于现世光色，对于一切成例与观念皆十分怀疑，却常常为人生远景而凝眸"，这分性格的形成，便应当溯源于小时在私塾中的逃学习惯。

自从逃学成习惯后，我除了想方设法逃学，什么也不再关心。

有时天气坏一点，不便出城上山里去玩，逃了学没有什么去处，我就一个人走到城外庙里去。本地大建筑在城外计三十来处，除了庙宇就是会馆和祠堂。空地广阔，因此均为小手工业工人所利用。那些庙里总常常有人在殿前廊下绞绳子，织竹簟，做香，我就看他们做事。有人下棋，我看下棋。有人打拳，我看打拳。甚至于相骂，我也看着，看他们如何骂来骂去，如何结果。因为自己既逃学，走到的地方必不能有熟人，所到的必是较远的庙里。到了那里，既无一个熟人，因此什么

第一章　永远学不尽的人生

事皆只好用耳朵去听，眼睛去看，直到看无可看听无可听时，我便应当设计打量我怎么回家去的方法了。

来去学校我得拿一个书篮。内中有十多本破书，由《包句杂志》《幼学琼林》到《论语》《诗经》《尚书》，通常得背诵，分量相当沉重。逃学时还把书篮挂到手肘上，这就未免太蠢了一点。凡这么办的可以说是不聪明的孩子。许多这种小孩子，因为逃学到各处去，人家一见就认得出，上年纪一点的人见到时就会说："逃学的，赶快跑回家挨打去，不要在这里玩。"若无书篮可不必受这种教训。因此我们就想出了一个方法，把书篮寄存到一个土地庙里去，那地方无一个人看管，但谁也用不着担心他的书篮。小孩子对于土地神全不缺少必需的敬畏，都信托这木偶，把书篮好好的藏到神座龛子里去，常常同时有五个或八个，到时却各人把各人的拿走，谁也不会乱动旁人的东西。我把书篮放到那地方去，次数是不能记忆了的，照我想来，搁的最多的必定是我。

逃学失败被家中学校任何一方面发觉时，两方面总得各挨一顿打。在学校得自己把板凳搬到孔夫子牌位前，伏在上面受笞。处罚过后还要对孔夫子牌位作一揖，表示忏悔。有时又常常罚跪至一根香时间。我一面被处罚跪在房中的一隅，一面便记着各种事情，想象恰如生了一对翅膀，凭经验飞到各样动人事物上去。按照天气寒暖，想到河中的鳜鱼被钓起离水以后拨剌的情形，想到天上飞满风筝的情形，想到空山中歌呼的黄鹂，想到树木上累累的果实。由于最容易神往到种种屋外东西上去，反而常把处罚的痛苦忘掉，处罚的时间忘掉，直到被唤起以后为止，我就从不曾在被处罚中感觉过小小冤屈。那不是冤屈。我应感谢那种处罚，使我无法同自然接近时，给我一个练习想象的机会。

家中对这件事自然照例不大明白情形，以为只是教师方面太宽的过失，因此又为我换一个教师。我当然不能在这些变动上有什么异议。这事对我说来，倒又得感谢我的家中。因为先前那个学校比较近些，虽常常绕道上学，终不是个办法，且因绕道过远，把时间耽误太久时，无可托词。现在的学校可真很远很远了，不必包绕偏街，我便应当经过许多有趣味的地方了。从我家中到那个新的学塾里去时，路上我可看到针铺门前永远必有一个老人戴了极大的眼镜，低下头来在那里磨针。又可看到一个伞铺，大门敞开，做伞时十几个学徒一起工作，尽人欣赏。又有皮靴店，大胖子皮匠，天热时总腆出一个大而黑的肚皮（上面有一撮毛！）用夹板上鞋。又有剃头铺，任何时节总有人手托一个小小木盘，呆呆的在那里尽剃头师傅刮脸。又可看到一家染坊，有强壮多力的苗人，蹯在凹形石碾上面，站得高高的，手扶着墙上横木，偏左偏右的摇荡。又有三家苗人打豆腐的作坊，小腰白齿头包花帕的苗妇人，时时刻刻口上都轻声唱歌，一面引逗缚在身背后包单里的小苗人，一面用放光的红铜勺舀取豆浆。我还必须经过一个豆粉作坊，远远的就可听到骡子推磨隆隆的声音，屋顶棚架上晾满白粉条。我还得经过一些屠户肉案桌，可看到那些新鲜猪肉砍碎时尚在跳动不止。我还得经过一家扎冥器出租花轿的铺子，有白面无常鬼，蓝面魔鬼，鱼龙，轿子，金童玉女。每天且可以从他那里看出有多少人接亲，有多少冥器，那些定做的作品又成就了多少，换了些什么式样。并且还常常停顿下来，看他们贴金，傅粉，涂色，一站许久。

我就欢喜看那些东西，一面看一面明白了许多事情。

每天上学时，我照例手肘上挂了那个竹书篮，里面放十多本破书。在家中虽不敢不穿鞋，可是一出了大门，即刻就把鞋脱下拿到手上，赤脚向学校走去。不管如何，时间照例是有多余的，因此我总得绕一截路玩玩。若从西城走去，在那边就可看到牢狱，大清早若干人戴了脚镣从牢中出来，派过衙门去挖土。若从杀人处走过，昨天杀的人还没有收尸，一定已被野狗把尸首咋碎或拖到小溪中去了，就走过去看看那个糜碎了的尸体，或拾起一块小小石头，在那个污秽的头颅上敲打一下，或用一木棍去戳戳，看看会动不动。若还有野狗在那里争夺，就预先拾了许多石头放在书篮里，随手一一向野狗抛掷，不再过去，只远远的看看，就走开了。

既然到了溪边，有时候溪中涨了小小的水，就把裤管高卷，书篮顶在头上，一只手扶着，一只手照料裤子，在沿了城根流去的溪水中走去，直到水深齐膝处为止。学校在北门，我出的是西门，又进南门，再绕从城里大街一直走去。在南门河滩方面我还可以看一阵杀牛，机会好时恰好正看到那老实可怜的畜牲被放倒的情形。因为每天可以看一点点，杀牛的手续同牛内脏的位置，不久也就被我完全弄清楚了。再过去一点就是边街，有织簟子的铺子，每天任何时节皆有几个老人坐在门前小凳子上，用厚背的钢刀破篾，有两个小孩子蹲在地上织簟子。（我对于这一行手艺所明白的种种，现在说来似乎比写字还在行。）又有铁匠铺，制铁炉同风箱皆占据屋中，大门永远敞开着，时间即或再早一些，也可以看到一个小孩子两只手拉风箱横柄，把整个身子的分量前倾后倒，风箱于是就连续发出一种吼声，火炉上便放出一股臭烟同红光。待到把赤红的热铁拉出搁放到铁砧上时，这个小东西，赶忙舞动细柄铁锤，把铁锤从身背后扬起，在身面前落下，火花四溅的一下一下打着。有时打的是一把刀，有时打的是一件农具。有时看到的又是这个小学徒跨在一条大板凳上，用一把凿子在未淬水的刀上起去铁皮，有时又是把一条薄薄的钢片嵌进熟铁里去。日子一多，关于任何一件铁器的制造程序，我也不会弄错了。边街又有小饭铺，门前有个大竹筒，插满了用竹子削成的筷子。有干鱼同酸菜，用钵头装满放在门前柜台上，引诱主顾上门，意思好像是说："吃我，随便吃我，好吃！"每次我总仔细看看，真所谓"过屠门而大嚼"，也过了瘾。

我最欢喜天上落雨，一落了小雨，若脚下穿的是布鞋，即或天气正当十冬腊月，我也可以用恐怕湿却鞋袜为辞，有理由即刻脱下鞋袜赤脚在街上走路。但最使人开心的事，还是落过大雨以后，街上许多地方已被水所浸没，许多地方阴沟中涌出水来，在这些地方照例常常有人不能过身，我却赤着两脚故意向深水中走去。若河中涨了大水，照例上游会漂流得有木头、家具、南瓜同其他东西，就赶快到横跨大河的桥上去看热闹。桥上必已经有人用长绳系定了自己的腰身，在桥头上待着，注目水中，有所等待。看到有一段大木或一件值得下水的东西浮来时，就踊身一跃，骑到那树上，或傍近物边，把绳子缚定，自己便快快地向下游岸边泅去，另外几个在岸边的人把水中人援助上岸后，就把绳子拉着，或缠绕到大石上、大树上去，于是第二次又有第二人来在桥头上等候。我欢喜看人在洄水里扳罾，巴掌大的活鲫鱼在网中蹦跳。一涨了水，照例也就可以看这种有趣味的事情。照家中规矩，一落雨就得穿上钉鞋，我可真不愿意穿那种笨重的钉鞋。虽然在半夜时有人从街巷里过身，钉鞋声音实在好听，大白天对于钉鞋，我依然毫无兴味。

若在四月落了点小雨，山地里、田塍上各处皆是蟋蟀声音，真使人心花怒放。在这些时节，我便觉得学校真没有意思，简直坐不住，总得想方设法逃学上山去捉蟋蟀。有时没有什么东西安置这小东西，就走到那里去，把第一只捉到手后又捉第二只，两只手各有一只后，就听第三只。本地蟋蟀原分春秋二季，春季的多在田间泥里、草里，秋季的多在人家附近石罅里、瓦砾中，如今既然这东西只在泥层里，故即或两只手心各有一匹小东西后，我总还可以想方设法把第三只从泥土中赶出，看看若比较手中的大些，即开释了手中所有，捕捉新的，如此轮流换去，一整天方捉回两只小虫。城头上有白色炊烟，街巷里有摇铃铛卖煤油的声音，约当下午三点左右时，赶忙走到一个刻花板的老木匠那里去，很兴奋地同那木匠说："师傅师傅，今天可捉了大王来了！"

那木匠便故意装成无动于衷的神气，仍然坐在高凳上玩他的车盘，正眼也不看我的说："不成，要打打得赌点输赢！"

我说:"输了替你磨刀成不成?"

"嗨,够了,我不要你磨刀,你哪会磨刀!上次磨凿子还磨坏了我的家伙!"

这不是冤枉我,我上次的确磨坏了他一把凿子。不好意思再说磨刀了,我说:"师傅,那这样办法,你借给我一个瓦盆子,让我自己来试试这两只谁能干些好不好?"我说这话时真怪和气,为的是他以逸待劳,若不允许我还是无办法。

那木匠想了想,好像莫可奈何才让步的样子:"借盆子得把战败的一只给我,算作租钱。"

我满口答应:"那成,那成。"

于是他方离开车盘,很慷慨的借给我一个泥罐子,顷刻之间我就只剩下一只蟋蟀了。这木匠看看我捉来的虫还不坏,必向我提议:"我们来比比,你赢了,我借你这泥罐一天;你输了,你把这蟋蟀输给我,办法公平不公平?"我正需要那么一个办法,连说"公平,公平",于是这木匠进去了一会儿,拿出一只蟋蟀来同我一斗,不消说,三五回合我的自然又败了。他的蟋蟀照例却常常是我前一天输给他的。那木匠看看我有点颓丧,明白我认识那匹小东西,担心我生气时一摔,一面赶忙收拾盆罐,一面带着鼓励我神气笑笑的说:"老弟,老弟,明天再来,明天再来!你应当捉好的来,走远一点。明天来，明天来！"

我什么话也不说，微笑着，出了木匠的大门，回家了。

这样一整天在为雨水泡软的田塍上乱跑，回家时常常全身是泥，家中当然一望而知，于是不必多说，沿老例跪一根香，罚关在空房子里，不许哭，不许吃饭。等一会儿我自然可以从姐姐方面得到充饥的东西。悄悄的把东西吃下以后，我也疲倦了，因此空房中即或再冷一点，老鼠来去很多，一会儿就睡着，再也不知道如何上床的事了。

即或在家中那么受折磨，到学校去时又免不了补挨一顿板子，我还是在想逃学时就逃学，决不为经验所恐吓。

有时逃学又只是到山上去偷人家园地里的李子枇杷，主人拿着长长的竹竿子大骂着追来时，就飞奔而逃，逃到远处一面吃那个赃物，一面还唱山歌气那主人。总而言之，人虽小小的，两只脚跑得很快，什么茨棚里钻去也不在乎，要捉我可捉不到，就认为这种事很有趣味。

可是只要我不逃学，在学校里我是不至于像其他那些人受处罚的。我从不用心念书，但我从不在应当背诵时节无法对付。许多书总是临时来读十遍八遍，背诵时节却居然朗朗上口，一字不遗。也似乎就由于这份小小聪明，学校把我同一般同学一样待遇，更使我轻视学校。家中不了解我为什么不想上进，不好好的利用自己聪明用功，我不了解家中为什么只要我读书，不让我玩。我自己总以为读书太容易了点儿，把认得的字记记那不算什么希奇。最希奇处，应当是另外那些人，在他那分习惯下所做的一切事情。为什么骡子推磨时得把眼睛遮上？为什么刀得烧红时在水里一淬方能坚硬？为什么雕佛像的会把木头雕成人形，所贴的金那么薄又用什么方法作成？为什么小铜匠会在一块铜板上钻那么一个圆眼，刻花时刻得整整齐齐？这些古怪事情太多了。

我生活中充满了疑问，都得我自己去找寻解答。我要知道的太多，所知道的又太少，有时便有点发愁。就为的是白日里太野，各处去看，各处去听，还各处去嗅闻，死蛇的气味，腐草的气味，屠户身上的气味，烧碗处土窑被雨以后放出的气味，要我说来虽当时无法用言语去形容，要我辨别却十分容易。蝙蝠的声音，一只黄牛当屠户把刀剚进它喉中时叹息的声音，藏在田塍土穴中大黄喉蛇的鸣声，黑暗中鱼在水面拨刺的微声，全因到耳边时分量不同，我也记得那么清清楚楚。因此回到家里时，夜间我便做出无数希奇古怪的梦。这些梦直到将近二十年后的如今，还常常使我在半夜里无法安眠，既把我带回到那个"过去"的空虚里去，也把我带往空幻的宇宙里去。

在我面前的世界已够宽广了，但我似乎就还得一个更宽广的世界。我得用这方面得到的知识证明那方面的疑问。我得从比较中知道谁好谁坏。我得看许多业已由于好询问别人，以及好自己幻想所感觉到的世界上的新鲜事情、新鲜东西。结果能逃学时我逃学，不能逃学我就只好做梦。

照地方风气说来，一个小孩子野一点的，照例也必须强悍一点，才能各处跑去。因为一出城外，随时都会有一样东西突然扑到你身边来，或是一只凶恶的狗，或是一个顽劣的人。无法抵抗这点袭击，就不容易各处自由放荡。一个野一点的孩子，即或身边不必时时刻刻带一把小刀，也总得带一削光的竹块，好好的插到裤带上，遇机会到时，就取出来当作武器。尤其是到一个离家较远的地方看木傀儡戏，不准备厮杀一场简直不成。你能干点，单身往各处去，有人挑战时，还只是一人近你身边来恶斗，若包围到你身边的顽童人数极多，你还可挑选同你精力相差不大的一人。你不妨指定其中一个说："要打吗？你来。我同你来。"

到时也只那一个人拢来。被他打倒，你活该，只好伏在地上尽他压着痛打一顿。你打倒了他，他活该，把他揍够后你可以自由走去，谁也不会追你，只不过说句"下次再来"罢了。

可是你根本上若就十分怯弱,即或结伴同行,到什么地方去时,也会有人特意挑出你来殴斗。应战你得吃亏,不答应你得被仇人与同伴两方面奚落,顶不经济。

感谢我那爸爸给了我一分勇气,人虽小,到什么地方去我总不害怕。到被人围上必须打架时,我能挑出那些同我不差多少的人来,我的敏捷同机智,总常常占点上风。有时气运不佳,不小心被人摔倒,我还会有方法翻身过来压到别人身上去。在这件事上我只吃过一次亏,不是一个小孩,却是一只恶狗,把我攻倒后,咬伤了我一只手。我走到任何地方去都不怕谁,同时因换了好些私塾,各处皆有些同学,大家既都逃过学,便有无数朋友,因此也不会同人打架了。可是自从被那只恶狗攻倒过一次以后,到如今我却依然十分怕狗(有种两脚狗我更害怕,对付不了)。

至于我那地方的大人,用单刀、扁担在大街上决斗本不算回事。事情发生时,那些有小孩子在街上玩的母亲,只不过说:"小杂种,站远一点,不要太近!"嘱咐小孩子稍稍站开点儿罢了。本地军人互相砍杀虽不出奇,行刺暗算却不作兴。这类善于殴斗的人物,有军营中人,有哥老会中老幺,有好打不平的闲汉,在当地另成一帮,豁达大度,谦卑接物,为友报仇,爱义好施,且多非常孝顺。但这类人物为时代所陶冶，到民五[①]以后也就渐渐消灭了。虽有些青年军官还保存那点风格，风格中最重要的一点洒脱处，却为了军纪一类影响，大不如前辈了。

我有三个堂叔叔、两个姑姑都住在城南乡下，离城四十里左右。那地方名黄罗寨，出强悍的人同猛鸷的兽。我爸爸三岁时，在那里差一点险被老虎咬去。我四岁左右，到那里第一天，就看见四个乡下人抬了一只死虎进城，给我留下极深刻的印象。

我还有一个表哥，住在城北十里地名长宁哨的乡下，从那里再过去十里便是苗乡。表哥是一个紫色脸膛的人，一个守碉堡的战兵。我四岁时被他带到乡下去过了三天，二十年后还记得那个小小城堡黄昏来时鼓角的声音。

这战兵在苗乡有点威信，很能喊叫一些苗人。每次来城时，必为我带一只小斗鸡或一点别的东西。一来为我说苗人故事，临走时我总不让他走。我欢喜他，觉得他比乡下叔父能干有趣。

选自《从文自传》，开明书店一九三八年七月版

[①] 民五：即1916年。

我上许多课仍然不放下那一本大书

我改进了新式小学后,学校不背诵经书,不随便打人,同时也不必成天坐在桌边,每天不只可以在小院子中玩,互相扭打,先生见及,也不加以约束,七天照例又还有一天放假,因此我不必再逃学了。可是在那学校照例也就什么都不曾学到。每天上课时照例上上,下课时就遵照大的学生指挥,找寻大小相等的人,到操坪中去打架。一出门就是城墙,我们便想法爬上城去,看城外对河的景致。上学散学时,便如同往常一样,常常绕了多远的路,去城外边街上看看那些木工手艺人新雕的佛像贴了多少金。看看那些铸钢犁的人,一共出了多少新货。或者什么人家孵了小鸡,也常常不管远近必跑去看看。一到星期日,我在家中写了十六个大字后,就一溜出门,一直到晚方回家中。

半年后，家中母亲相信了一个亲戚的建议，以为应从城内第二初级小学换到城外第一小学，这件事实行后更使我方便快乐。新学校临近高山，校屋前后各处是大树，同学又多，当然十分有趣。到这学校我仍然什么也不学得，生字也没认识多少，可是我倒学会了爬树。几个人一下课，就在校后山边各自拣选一株合抱大梧桐树，看谁先爬到顶。我从这方面便认识约三十种树木的名称。因为爬树有时跌下或扭伤了脚，刺破了手，就跟同学去采药，又认识了十来种草药。我开始学会了钓鱼，总是上半天学钓半天鱼。我学会了采笋子，采蕨菜。后山上到春天各处是野兰花，各处是可以充饥解渴的刺莓，在竹篁里且有无数雀鸟，我便跟他们认识了许多雀鸟，且认识许多果树。去后山约一里左右，又有一个制瓷器的大窑，我们便常常到那里去看人制造一切瓷器，看一块白泥在各样手续下如何就变成为一个饭碗，或一件别种用具的生产过程。

学校环境使我们在校外所学的实在比校内课堂上多十倍，但在学校也学会了一件事，便是各人用刀在座位板下镌雕自己的名字。又因为学校有做手工的白泥，我们就用白泥摹塑教员的肖像，且各为取一怪名：绵羊、耗子、老土地菩萨，还有更古怪的称呼。总之随心所欲。在这些事情上我的成绩照例比学校功课好一点，但自然不能得到任何奖励。学校已禁止体罚,可是记过罚站还在执行。

照情形看来,我已不必逃学,但学校既不严格,四个教员恰恰又有我两个表哥在内,想要到什么地方去时,我便请假。看戏请假,钓鱼请假,甚至于几个人到三里外田坪中去看人割禾、捉蚱蜢也向老师请假。

那时我家中每年还可收取租谷三百石左右,三个叔父、二个姑母占两份,我家占一份。到秋收时,我便同叔父或其他年长亲戚,往二十里外的乡下去,督促佃夫和临时雇来的工人割禾。等到田中成熟禾穗已空,新谷装满白木浅缘方桶时,便把新谷倾倒到大晒谷簟上来,与佃夫平分,其一半应归佃夫所有的,由他们去处置,我们把我家应得那一半,雇人押运回家。在那里最有趣处是可以辨别各种禾苗,认识各种害虫,学习捕捉蚱蜢、分别蚱蜢。同时学用鸡笼去罩捕水田中的肥大鲤鱼、鲫鱼,把鱼捉来即用黄泥包好塞到热灰里去煨熟分吃。又向佃户家讨小小斗鸡,且认识种类,准备带回家来抱到街上去寻找别人公雏作战。又从农家小孩学习抽稻草心织小篓小篮,剥桐木皮做卷筒哨子,用小竹子做唢呐。有时捉得一个刺猬,有时打死一条大蛇,又有时还可跟叔父让佃户带到山中去,把雉媒抛出去,吹唿哨招引野雉,鸟枪里装上一把黑色土药和散碎铁砂,猎取这华丽骄傲的禽鸟。

为了打猎，秋末冬初我们还常常去佃户家，看他们下围，跟着他们乱跑。我最欢喜的是猎取野猪同黄麂。有一次还被他们捆缚在一株大树高枝上，看他们把受惊的黄麂从树下追赶过去。我又看过猎狐，眼看着一对狡猾野兽在一株大树根下转，到后这东西便变成了我叔父的马褂。

学校既然不必按时上课，其余的时间我们还得想出几件事情来消磨，到下午三点才能散学。几个人爬上城去，坐在大铜炮上看城外风光，一面拾些石头奋力向河中掷去，这是一个办法。另外就是到操场一角沙地上去拿顶翻筋斗，每个人轮流来做这件事，不溜刷的便仿照技术班办法，在那人腰身上缚一条带子，两个人各拉一端，翻筋斗时用力一抬，日子一多，便无人不会翻筋斗了。

因为学校有几个乡下来的同学，身体壮大异常，便有人想出好主意，提议要这些乡下孩子装成马匹，让较小的同学跨到马背上去，同另一匹马上另一员勇将来作战，在上面扭成一团，直到跌下地后为止。这些做马匹的同学，总照例非常忠厚可靠，在任何情形下皆不卸责。作战总有受伤的，不拘谁人头面有时流血了，就抓一把黄土，将伤口敷上，全不在乎似的。我常常设计把这些人马调度得十分如法，他们服从我的编排，比一匹真马还驯服规矩。

放学时天气若还早一些，几个人不是上城去坐坐，就常常沿了城墙走去。有时节出城去看看，有谁的柴船无人照料，看明白了这只船的的确确无人时，几人就匆忙跳上了船，很快的向河中心划去。等一会儿那船主人来时，若在岸上和和气气的说："兄弟，兄弟，快把船划回来，我得回家！"

遇到这种和平讲道理人时，我们也总得十分和气的把船划回来，各自跳上了岸，让人家上船回家。若那人性格暴躁点，一见自己小船给一群胡闹的小将送到河中打着圈儿转，心中十分忿怒，大声的喊骂，说出许多恐吓无理的野话，那我们便一面回骂着，一面快快的把船向下游流去，尽他叫骂也不管他。到下游时几个人上了岸，就让这船搁在河滩上不再理会了。有时刚上船坐定，即刻便被船主人赶来，那就得担当一分惊险了。船主照例知道我们受不了什么播荡，抢上船头，把身体故意向左右连续倾侧不已，因此小船就在水面胡乱颠簸，一个无经验的孩子担心会掉到水中去，必惊骇得大哭不已。但有了经验的人呢，你估计一下，先看看是不是逃得上岸，若已无可逃避，那就好好的坐在船中，尽那乡下人的磨炼，拼一身衣服给水湿透，你不慌不忙，只稳稳的坐在船中，不必作声告饶，也不必恶声相骂，过一会儿那乡下人看看你胆量不小，知道用这方法吓不了你，他就会让你明白他的行为不过是一种不带恶意的玩笑,这玩笑到时应当结束了,必把手叉上腰边,向你微笑,抱歉似的微笑。

"少爷,够了,请你上岸!"

于是几个人便上岸了。有时不凑巧,我们也会为人用小桨竹篙一路追赶着打我们,还一路骂我们。只要逃走远一点点,用什么话骂来,我们照例也就用什么话骂回去,追来时我们又很快的跑去。

那河里有鳜鱼,有鲫鱼,有小鲇鱼,钓鱼的人多向上游一点走去。隔河是一片苗人的菜园,不涨水,从跳石上过河,到菜园里去看花、买菜心吃的次数也很多。河滩上各处晒满了白布同青菜,每天还有许多妇人背了竹笼来洗衣,用木棒杵在流水中捶打,訇訇地从北城墙脚下应出回声。

天热时,到下午四点以后,满河中都是赤光光的身体。有些军人好事爱玩,还把小孩子、战马、看家的狗同一群鸭雏,全部都带到河中来。有些人父子数人同来,大家皆在激流清水中游泳。不会游泳的便把裤子泡湿,扎紧了裤管,向水中急急的一兜,捕捉了满满的一裤空气,再用带子捆好,便成了极合用的"水马"。有了这东西,即或全不会漂浮的人,也能很勇敢的向水深处泅去。到这种人多的地方,照例不会出事故被水淹死的,一出了什么事,大家皆很勇敢的救人。

第一章　永远学不尽的人生

　　我们洗澡可常常到上游一点去，那里人既很少，水又极深，对我们才算合式。这件事自然得瞒着家中人。家中照例总为我担忧，唯恐一不小心就会为水淹死。每天下午既无法禁止我出去玩，又知道下午我不会到米厂上去同人赌骰子，那位对于拘管我、侦察我十分负责的大哥，照例一到饭后我出门不久，他也总得到城外河边一趟。人多时不能从人丛中发现我，就沿河去注意我的衣服，在每一堆衣服上来一分注意。一见到了我的衣服，一句话不说，就拿起来走去，远远的坐到大路上，等候我要穿衣时来同他会面。衣裤既然在他手上，我不能不见他了，到后只好走上岸来，从他手上把衣服取到手，两人沉沉默默的回家。回去不必说什么，只准备一顿打。可是经过两次教训后，我即或仍然在河中洗澡，也就不至于再被家中人发现了。我可以搬些石头把衣服压着，只要一看到他从城门洞边大路走来时，必有人告给我，我就快快的泅到河中去，向天仰卧，把全身泡在水中，只露出一张脸一个鼻孔来，尽岸上那一个搜索也不会得到什么结果。有些人常常同我在一处，哥哥认得他们，看到了他们时，就唤他们："熊澧南、印鉴远，你们见我兄弟老二吗？"

　　那些同学便故意大声答道："我们不知道，你不看看衣服吗？"

"你们不正是成天在一堆胡闹吗？"

"是呀，可是现在谁知道他在哪一片天底下？"

"他不在河里吗？"

"你不看看衣服吗？不数数我们的数目吗？"

这好人便各处望望，果然不见我的衣裤，相信我那朋友的答复不是谎话，于是站在河边欣赏了一阵河中景致，又弯下腰拾起两个放光的贝壳，用他那双常若含泪发愁的艺术家眼睛赏鉴了一下，或坐下来取出速写簿，随意画两张河景的素描，口上嘘嘘打着唿哨，又向原来那条路上走去了。等他走去以后，我们便来模仿我这个可怜的哥哥，互相反复着前后那种答问。"熊澧南、印鉴远，看见我兄弟吗？""不知道，不知道，你自己不看看这里一共有多少衣服吗？""你们成天在一堆！""是呀！成天在一堆，可是谁知道他现在到哪儿去了呢？"于是互相浇起水来，直到另一个逃走方能完事。

有时这好人明知道我在河中，当时虽无法擒捉，回头却常常隐藏在城门边，坐在卖荞粑的苗妇人小茅棚里，很有耐心的等待着。等到我十分高兴的从大路上同几个朋友走近身时，他便风快的同一只公猫一样，从那小棚中跃出，一把攫住了我衣领。于是同行的朋友就大嚷大笑，伴送我到家门口，才自行散去。不过这种事也只有三两次，从经验上既知道这一着棋时，我进城时便常常故意慢一阵，有时且绕了极远的东门回去。

我人既长大了些，权利自然也多些了，在生活方面我的权利便是，即或家中明知我下河洗了澡，只要不是当面被捉，家中可不能用爬搔皮肤方法决定我应否受罚了。同时我的游泳自然也进步多了，我记得，我能在河中来去泅过三次，至于那个名叫熊澧南的，却大约能泅过五次。

下河的事若在平常日子，多半是三点晚饭以后才去。如遇星期日，则常常几人先一天就邀好，过河上游一点棺材潭的地方去，泡一个整天，泅一阵水又摸一会儿鱼，把鱼从水中石底捉得，就用枯枝在河滩上烧来当点心。有时那一天正当附近十里长宁哨苗乡场集，就空了两只手跑到那地方去玩一个半天。到了场上后，过卖牛处看看他们讨论价钱盟神发誓的样子，又过卖猪处看看那些大猪小猪，察看它们，把后脚提起时必锐声呼喊。又到赌场上去看看那些乡下人一只手抖抖的下注，替别人担一阵心。又到卖山货处去，用手摸摸那些豹子、老虎的皮毛，且听听他们谈到猎取这野物的种种危险经验。又到卖鸡处去，欣赏欣赏那些大鸡小鸡，我们皆知道什么鸡战斗时厉害，什么鸡生蛋极多。我们且各自把那些斗鸡毛色记下来，因为这些鸡照例当天全将为城中来的兵士和商人买去，五天以后就会在城中斗鸡场出现。我们间或还可在敞坪中看苗人决斗，用扁担或双刀互相拼命。小河边到了场期，照例来了无数小船和竹筏，竹筏上且常常有长眉秀目脸儿极白奶头高肿的青年苗族女人，用绣花大衣袖掩着口笑，使人看来十分舒服。我们来回走二三十里路，各个人两只手既是空空的，因此在场上什么也不能吃。间或谁一个人身上有一两枚铜元，就到卖狗肉摊边去割一块狗肉，蘸些盐水，平均分来吃吃。或者无意中谁一个在人丛中碰着了一位亲长，被问道："吃过点心吗？"人家正饿着，互相望了会儿，羞羞怯怯的一笑。那人知道情形了，便说："这成吗？不喝一杯还算赶场吗？"到后自然就被拉到狗肉摊边去，切一斤两斤肥狗肉，分割成几大块，各人来那么一块，蘸了盐水往嘴上送。

机会不巧不曾碰到这么一个慷慨的亲戚，我们也依然不会瘪了肚皮回家。沿路有无数人家的桃树李树，果实全把树枝压得弯弯的，等待我们去为它们减除一分负担。还有多少黄泥田里，红萝卜大得如小猪头，没有我们去吃它、赞美它，便始终委屈在那深土里！除此以外，路塍上无处不是莓类同野生樱桃，大道旁无处不是甜滋滋的地枇杷，无处不可得到充饥果腹的山果野莓。口渴时无处不可以随意低下头去喝水。至于茶油树上长的茶莓，则长年四季都可以随意采吃，不犯任何忌讳。即或任何东西没得吃，我们还是依然十分高兴，就为的是乡场中那一派空气、一阵声音、一分颜色，以及在每一处每一项生意人身上发出那一股不同臭味，就够使我们觉得满意！我们用各样官能吃了那么多东西，即使不再用口来吃喝，也很够了。

到场上去我们还可以看各样水碾水碓，并各种形式的水车。我们必得经过好几个榨油坊，远远的就可以听到油坊中打油人唱歌的声音。一过油坊时便跑进去，看看那些堆积如山的桐子，经过些什么手续才能出油。我们只要稍稍绕一点路，还可以从一个造纸工作场过身，在那里可以看他们利用水力捣碎稻草同竹篾，用细篾帘子舀取纸浆作纸。我们又必须从一些造船的河滩上过身，有万千机会看到那些造船工匠在太阳下安置一只小船的龙骨，或把粗麻头同桐油石灰嵌进缝罅里修补旧船。

总而言之，这样玩一次，就只一次，也似乎比读半年书还有益处。若把一本好书同这种好地方尽我拣选一种，直到如今我还觉得不必看这本弄虚作伪千篇一律用文字写成的小书，却应当去读那本色香俱备内容充实用人事写成的大书。

我不明白我为什么就学会了赌骰子。大约还是因为每早上买菜，总可剩下三五个小钱，让我有机会傍近用骰子赌输赢的糕类摊子。起始当三五个人蹲到那些戏楼下,把三粒骰子或四粒骰子或六粒骰子抓到手中,奋力向大土碗掷去,跟着它的变化喊出种种专门名词时,我真忘了自己,也忘了一切。那富于变化的六骰子赌,七十二种"快""臭",一眼间我都能很得体地喊出它的得失。谁也不能在我面前占便宜,谁也骗不了我。自从精明这一项玩意儿以后,我家里这一早上若派我出去买菜,我就把买菜的钱去作注,同一群小无赖在一个有天棚的米厂上玩骰子,赢了钱自然全部买东西吃,若不凑巧全输掉时,就跑回来悄悄的进门找寻外祖母,从她手中把买菜的钱得到。

但这是件相当冒险的事,家中知道后可得痛打一顿,因此赌虽然赌,经常总只下一个铜子的注,赢了拿钱走去,输了也不再来,把菜少买一些,总可敷衍下去。

由于赌术精明,我不大担心输赢。我倒最希望玩个半天结果无输无赢。我所担心的只是正玩得十分高兴,忽然后领一下子为一只强硬有力的瘦手攫定,一个哑哑的声音在我耳边响着:"这一下捉到你了,这一下捉到你了!"

先是一惊。想挣扎可不成。既然捉定了,不必回头,我就明白我被谁捉住,且不必猜想,我就知道我回家去应受些什么款待。于是提了菜篮让这个仿佛生下来给我作对的人把我揪回去。这样过街可真无脸面,因此不是请求他放和平点抓着我一只手,总是趁他不注意的情形下,忽然挣脱,先行跑回家去,准备他回来时受罚。

每次在这件事上我受的处罚都似乎略略过分了些,总是把一条绣花的白绸腰带缚定两手,系在空谷仓里,用鞭子打几十下,上半天不许吃饭,或是整天不许吃饭。亲戚中看到觉得十分可怜,多以为哥哥不应当这样虐待弟弟。但这样不顾脸面的去同一些乞丐赌博,给了家中多少气恼,我是不理解的。

我从那方面学会了不少下流野话和赌博术语,在亲戚中身份似乎也就低了些。只是当十五年后,我能够用我各方面的经验写点故事时,这些粗话野话却给了我许多帮助,增加了故事中人物的色彩和生命。

革命后,本地设了女学校,我两个姐姐一同被送过女学校读书。我那时也欢喜到女学校去玩,就因为那地方有些新奇的东西。学校外边一点,有个做小鞭炮的作坊,从起始用一根细钢条,卷上了纸,送到木机上一搓,吱的一声就成了空心的小管子,再如何经过些什么手续,便成了燃放时啪的一声的小爆仗,被我看得十分熟习。我借故去瞧姐姐时,总在那里看他们工作一会儿。我还可看他们烘焙火药,碓舂木炭,筛硫磺,配合火药的原料,因此明白制烟火用的药同制爆仗用的药,硫磺的分配分量如何不同。这些知识远比学校读的课本有用。

一到女学校时,我必跑到长廊下去,欣赏那些平时不易见到的织布机器。那些大小不同钢齿轮互相衔接,一动它时全部都转动起来,且发出一种异样陌生的声音,听来我总十分欢喜。我平时是个怕鬼的人,但为了欣赏这些机器,黄昏中我还敢在那儿逗留,直到她们大声呼喊各处找寻时,我才从廊下跑出。

当我转入高小那年,正是民国五年①,我们那地方为了上年受蔡锷讨袁战事的刺激,感觉军队非改革不能自存,因此本地镇守署方面,设了一个军官团。前为道尹后改苗防屯务处方面,也设了一个将弁学校。另外还有一个教练兵士的学兵营,一个教导队。小小的城里多了四个军事学校,一切都用较新方式训练,地方因此气象一新。由于常常可以见到这类青年学生结队成排在街上走过,本地的小孩,以及一些小商人,都觉得学军事较有意思、有出息。有人与军官团一个教官作邻居的,要他在饭后课余教教小孩子,先在大街上操练,到后却借了附近由皇殿改成的军官团操场使用,不上半月,便招

---

① 民国五年:即1916年。

第一章 永远学不尽的人生

集了一百人左右。

有同学在里面受过训练来的,精神比起别人来特别强悍,显明不同于一般同学。我们觉得奇怪。这同学就告我们一切,且问我愿不愿意去。并告我到里面后,每两月可以考选一次,配吃一份口粮作守兵战兵的,就可以补上名额当兵。在我生长那个地方,当兵不是耻辱。多久以来,文人只出了个翰林即熊希龄,两个进士,四个拔贡。至于武人,随同曾国荃打入南京城的就出了四名提督军门,后来从日本士官学校出来的朱湘溪,还做蔡锷的参谋长,出身保定军官团的,且有一大堆,在湘西十三县似占第一位。本地的光荣原本是从过去无数男子的勇敢流血搏来的。谁都希望当兵,因为这是年青人的一条出路,也正是年青人唯一的出路。同学说及进"技术班"时,我就答应试来问问我的母亲,看看母亲的意见,这将军的后人,是不是仍然得从步卒出身。

那时节我哥哥已过热河找寻父亲去了,我因不受拘束,生活既日益放肆,不易教管,母亲正想不出处置我的好方法,因此一来,将军后人就决定去作兵役的候补者了。

选自《从文自传》,开明书店一九三八年七月版

辰　州

离开了家中的亲人，向什么地方去，到那地方去又做些什么，将来有些什么希望，我一点也不知道。我还只是十四岁稍多点一个孩子，这份年龄似乎还不许可我注意到与家人分离的痛苦。我又那么欢喜看一切新奇东西，听一切新奇声响，且那么渴慕自由，所以初初离开本乡家中人时，深觉得无量快乐。

可是一上路，却有点忧愁了。同时上路的约三百人，我没有一个熟人。我身体既那么小，背上的包袱却似乎比本身还大。到处是陌生面孔，我不知道日里同谁吃饭，且不知道晚上同谁睡觉。听说当天得走六十里路，才可到有大河通船舶的地方，再坐船向下行。这么一段长路照我过去经验说来，还不知道是不是走得到。家中人担心我会受寒，在包袱中放了过多的衣服，想不到我还没享受这些衣服的好处以前，先就被这些衣服累坏了。

尤其使我害怕的，便是那些坐在轿子里的几个女孩子，和骑在白马上的几个长官。这些人我全认得他们，这时他们已仿佛不再认识我。由于身份的自觉，当无意中他们轿马同我走近时，我实在又害怕又羞怯。为了逃避这些人的注意，我就同几个差弁模样的年青人，跟在一伙脚夫后面走去。后来一个脚夫看我背上包袱太大了，人可又太小了一点，便许可我把包袱搭到他较轻的一头去。我同时又与一个中年差遣谈了话，原来这人是我叔叔一个同学。既有了熟人，又双手洒脱的走空路，毫不疲倦的，黄昏以前我们便到了一个名叫高村的大江边了。

一排篷船泊定在水边，大约有二十余只，其中一只较大的还悬了一面红绸帅字旗。各个船头上全是兵士，各人都在寻觅着指定的船。那差遣已同我离开了，我便一个人背了那个大包袱，怯怯的站到岸上，随后向一只船旁冲去，轻轻的问：“有地方吗？大爷。”那些人总说：“满了，你自己看，全满了！你是第几队的？”我自己就不知道自己应分在第几队，也不知道去问谁。有些没有兵士的船看来仿佛较空的，他们要我过去问问，又总因为船头上站得有穿长衣的秘书参谋，他们的神气我实在害怕，不敢冒险过去问问。

天气看看渐渐的夜了下来,有些人已经在船头烧火煮饭,有些人已蹲着吃饭,我却坐在岸边大石上发呆发愁,想不出什么解除困难的办法。那时阔阔的江面,已布满了薄雾,有野鹜鸂鶒之类接翅在水面向对河飞去,天边剩余一抹深紫。见到这些新奇光景,小小心中升起一分无言的哀戚,自己便不自然的微笑着,揉着为长途折磨坏了的两只脚。我明白,生命开始进入一个崭新世界。

一会儿又看见那个差遣,差遣也看到我了。

"啊,你这个人,怎么不上船呀?"

"船上全满了,没有地方可上去。"

"船上全满了,你说!你那么拳头大的小孩子,放大方点,什么地方不可以龛进去。来,来,我的小老弟,这里有的是空地方!"

我见了熟人高兴极了。听他一说,我就跟了他到那只船上去,原来这还是一只空船!不过这船舱里舱板也没有,上面铺的只是一些稀稀的竹格子,船摇动时就听到舱底积水汤汤的流动,到夜里怎么睡觉?正想同那差遣说我们再去找找看,是不是别的地方当真还可照他用的那个粗俚字眼龛进去,一群留在后边一点本军担荷篷帐的伕子赶来了,我们担心一走开,回头再找寻这样一个船舱也不容易,因此就同这些伕

第一章　永远学不尽的人生

子挤得紧紧的住下来。到吃饭时，有人各船上来喊叫，因为取饭，我却碰到了一个军械处的熟人，我于是换了一个船，到军械船上住下。吃过饭，一会儿便异常舒服的睡熟了。

船上所见无一事不使我觉得新奇。二十四只大船有时衔尾下滩，有时疏散漂浮到那平潭里。两岸时时刻刻在一种变化中，把小小的村落，广大的竹林，黑色的悬崖，一一收入眼底。预备吃饭时，长潭中各把船只任意溜去，那份从容、那份愉快处，实在使我感动。摇橹时满江浮荡着歌声。我就看这些听这些，把家中人暂时完全忘掉了。四天以后，我们的船只编成一长排，停泊在辰州城下中南门的河岸专用码头边。

又过了两天，我们已驻扎在总爷巷一个旧参将衙门里，一份新的日子便开始了。

墙壁各处是膏药，地下各处是瓦片同乱草，草中留下成堆黑色的干粪便，这就是我第一次进衙门的印象。于是轮到了我们来着手扫除了。做这件事的共计二十人，我便是其中一个。大家各在一种异常快乐的情形下，手脚并用整整工作了一个日子，居然全部弄清爽了。庶务处又送来了草荐同木板，因此在地面垫上了砖头，把木板子铺上去，摊开了新草荐，一百个人便一同躺到这两列草荐上，十分高兴把第一个夜晚打发走了。

到地后，各人应当有各人的事，作补充兵的，只需要大清早起来操跑步。操完跑步就单人教练,把手肘向后抱着,独自在一块地面上,把两只脚依口令起落,学慢步走。下午无事可做,便躺在草荐上唱《大将南征》的军歌。每个人皆结实单纯,年纪大的约二十二岁,年纪小的只十三岁,睡硬板子的床,吃粗粝陈久的米饭,却在一种沉默中活下来。我从本城技术班学来的那份军事知识很有好处,使我为日不多就做了班长。

直到现在我还不明白为什么当时有些兵士不能随便外出,有些人又可自由出入。照我想来,大概是城里人可以外出,乡下人可以外出却不敢外出。

我记得我的出门是不受任何限制的,但每早上操过跑步时,总得听苗人吴姓连长演说:"我们军人,原是卫国保民。初到这来客军极多,一切要顾脸面。外出时节制服应当整齐,扣子扣齐,腰带弄紧,裹腿缠好。胡来乱为的,要打屁股。"说到这里时,于是复大声说:"听到了么?"大家便说:"听到了。"既然答应全已听到,叫一声"解散",就散开了。当时因犯事被按在石地上打板子的,就只有营中火夫。兵士却因为从小地方开来,十分怕事,谁也不敢犯罪,不作兴挨打。

我很满意那个街上,一上街触目都十分新奇。我最欢喜的是河街,那里使人惊心动魄的是有无数小铺子,卖船缆,硬木琢成的活车,小鱼篓,小刀,火镰,烟嘴,满地都是有趣味的物件。我每次总去蹲到那里看一个半天,同个绅士守在古董旁边一样恋恋不舍。

城门洞里有一个卖汤圆的,常常有兵士坐在那卖汤圆人的长凳上,把热热的汤圆向嘴上送去。间或有一个本营官佐过身,得照规矩行礼时,便一面赶忙放下那个土花碗,把手举起,站起身来含含胡胡的喊"敬礼"。那军官见到这种情形,有时也总忍不住微笑。这件事碰到最多的还是我,我每天总得在那里吃一回汤圆,或坐下来看各种各样过往行路人!

我又常常同那团长看马的张姓马夫,牵马到朝阳门外大坪里去放马,把长长的缰绳另一端那个檀木钉,钉固在草坪上,尽马各处走去,我们就躺到草地上晒太阳,说说各人所见过的大蛇大鱼。又或走近教会中学的城边去,爬上城墙,看看那些中学生打球。又或过有树林处去,各自选定一株光皮梧桐,用草揉软作成一个圈套,挂在脚上,各人爬到高处桠枝上坐坐,故意把树摇荡一阵。

营里有三个小号兵同我十分熟悉,每天他们必到城墙上去吹号,还过城外河坝去吹号,我便跟他们去玩。有时我们还爬到各处墙头上去吹号,我不会吹号却能打鼓。

我们的功课固定不变的,就只是每天早上的跑步。跑步的用处是在追人还是在逃亡,谁也不很分明。照例起床号吹过不久就吹点名号，一点完名跟着下操坪，到操场里就只是跑步。完事后，大家一窝蜂向厨房跑去，那时节豆芽菜一定已在大锅中沸了许久，大甑笼里的糙米饭也快好了。

我们每天吃的总是豆芽菜汤同糙米饭，每到礼拜天那天，每人就吃一次肉，各人名下有一块肥猪肉，分量四两，是从豆芽汤中煮熟后再捞出的。

到后我们把枪领来了。一律是汉阳厂"小口紧"五响枪。

除了跑步无事可做，大家就只好在太阳下擦枪，用一根细绳子缚上一些涂油布条，从枪膛穿过，绳子两端各缚定在廊柱上，于是把枪一往一来的拖动。那时候的枪名有下列数种：单响、九子、五子。单响分广式、猪槽两种；五响分小口紧、双筒、单筒、拉筒、盖板五种。也有说"日本春田""德国盖板"的，但不通俗。兵士只知道这种名称，填写枪械表时，也照这样写上。

我们既编入支队司令的卫队，除了司令官有时出门拜客，选派二十、三十护卫外，无其他服务机会。某一次保护这生有连鬓胡子一字不识行伍出身的司令官过某处祝寿，我得过五毛钱的奖赏。

那时节辰州地方组织了一个湘西联合政府，全名为靖国联合第一军政府，驻扎了三个不同部队。军人首脑其一为军政长凤凰人田应诏,其一为民政长芷江人张学济,另外一个却是客军黔军旅长,后来回黔作了省长的卢焘。与之对抗的是驻兵常德身充旅长的冯玉祥。这一边军队既不向下取攻势,那一边也不向上取攻势,各人就只保持原有地盘,等待其他机会。两方面主要经济收入都靠的是鸦片烟税。

单是湘西一隅,除客军一混成旅外,集中约十万人。我们部队是游击第一支队,属于靖国联军第二军,归张学济管辖。全辰州地方约五千户,各部分兵士大致就有两万。当时军队虽十分庞杂,各军联合组织得有宪兵稽察处,所以还不至于互相战争。不过当时发行钞票过多,每天兑现时必有二三小孩同妇人被践踏死去。每天给领军米,各地方部队为争夺先后,互相殴打伤人,在那时也极平常。

一次军事会议的结果,上游各县重新作了一度分配,划定若干防区,军队除必须一部分沿河驻扎防卫下游侵袭外,其余照指定各县城驻防清乡。由于特殊原因,第一支队派定了开过那总司令官的家乡芷江去清乡剿匪。

选自《从文自传》,开明书店一九三八年七月版

学历史的地方

从川东回湘西后,我的缮写能力得到了一方面的认识,我在那个治军有方的统领官身边作书记了。薪饷仍然每月九元,却住在一个山上高处单独的新房子里。那地方是本军的会议室,有什么会议需要记录时,机要秘书不在场,间或便应归我担任。这份生活实在是我一个转机,使我对于全个历史各时代各方面的光辉,得了一个从容机会去认识,去接近。原来这房中放了四五个大楠木橱柜,大橱里约有百来轴自宋及明清的旧画,与几十件铜器及古瓷,还有十来箱书籍,一大批碑帖,不多久且来了一部《四部丛刊》。这统领官既是个以王守仁、曾国藩自许的军人,每个日子治学的时间,似乎便同治事时间相等,每遇取书或抄录书中某一段时,必令我去替他做好。那些书籍既各得安置在一个固定地方,书籍外边又必须作一识别，故二十四个书箱的表面，书籍的秩序，全由我去安排。旧画与古董登记时，我又得知道这一幅画的人名时代同他当时的地位，或器物名称同它的用处。由于应用，我同时就学会了许多知识。又由于习染，我成天翻来翻去，把那些旧书大部分也慢慢的看懂了。

我的事情那时已经比我在参谋处服务时忙了些，任何时节都有事做。我虽可随时离开那会议室，自由自在到别一个地方去玩，但正当玩得十分畅快时，也会为一个差弁找回去的。军队中既常有急电或别的公文，在半夜时送来，回文如需即刻抄写时，我就随时得起床做事。但正因为把我仿佛关闭到这一个房子里，不便自由离开，把我一部分玩的时间皆加入到生活中来，日子一长，我便显得过于清闲了。因此无事可做时，把那些旧画一轴一轴的取出，挂到壁间独自来鉴赏，或翻开《西清古鉴》《薛氏彝器钟鼎款识》这一类书，努力去从文字与形体上认识房中铜器的名称和价值，再去乱翻那些书籍。一部书若不知道作者是什么时代的人时，便去翻《四库提要》。这就是说，我从这方面对于这个民族在一段长长的年份中，用一片颜色、一把线、一块青铜或一堆泥土，以及一组文字，加上自己生命作成的种种艺术，皆得了一个初步普遍的认识。由于这点初步知识，使一个以鉴赏人类生活与自然现象为生的乡下人，进而对于人类智慧光辉的领会，发生了极宽泛而深切的兴味。若说这是个人的幸运，这点幸运是不得不感谢那个统领官的。

那军官的文稿，草字极不容易认识，我就从他那手稿上，望文会义的认识了不少新字。但使我很感动的，影响到一生工作的，却是他那种稀有的精神和人格。天未亮时起身，半夜里还不睡觉。任什么事他明白，任什么他懂。他自奉常常同个下级军官一样。在某一方面来说，他还天真烂漫，什么是好的他就去学习，去理解。处置一切他总敏捷稳重。由于他那份希奇精力，篁军在湘西二十年来博取了最好的名誉，内部团结得如一片坚硬的铁，一束不可分离的丝。

到了这时我性格也似乎稍变了些，我表面生活的变更，还不如内部精神生活变动得剧烈，但在行为方面，我已经同一些老同事稍稍疏远了。有时我到屋后高山去玩玩，有时又走近那可爱的河水玩玩，总拿了一本线装书。我所读的一些旧书，差不多就完全是这段时间中奠基的。我常常躺在一片草场上看书，看厌倦时，便把视线从书本移开，看白云在空中移动，看河水中缓缓流去的菜叶。既多读了些书，把感情弄柔和了许多，接近自然时感觉也稍稍不同了。加之人又长大了一点，也间或有些不安于现实的打算，为一些过去了的或未来的东西所苦恼，因此生活虽在一种极有希望的情况中过着日子，我却觉得异常寂寞。

那时节我爸爸已从北方归来，正在那个前驻龙潭的张指挥部作军医正。他们军队虽有些还在川东，指挥部已移防下驻辰州。我的母亲和最小的九妹妹皆在辰州。家中人对我前事已毫无芥蒂。我的弟弟正同我在一个部中作书记，我们感情又非常好。

我需要几个朋友，那些老朋友却不能同我谈话。我要的是个听我陈述一份酝酿在心中十分混乱的感情。我要的是对于这种感情的启发与疏解，熟人中可没有这种人。可是不久却有个人来了，是我一个姨父。这人姓聂，与熊希龄同科的进士。上一次从桃源同我搭船上行的表弟便是他的儿子。这人是那统领官的先生，一来时被接待住在对河一个庙里，地名狮子洞。为人知识极博，而且非常有趣味，我便常常过河去听他谈"宋元哲学"，谈"大乘"，谈"因明"，谈"进化论"，谈一切我所不知道却愿意知道的种种问题。这种谈话显然也使他十分快乐，因此每次所谈时间总很长很久。但这么一来，我的幻想更宽，寂寞也就更大了。

我总仿佛不知道应怎么办就更适当一点。我总觉得有一个目的，一件事业，让我去做，这事情是合于我的个性，且合于我的生活的。但我不明白这是什么事业,又不知用什么方法即可得来。

当时的情形,在老朋友中只觉得我古怪一点,老朋友同我玩时也不大玩得起劲了。觉得我不古怪,且互相有很好的友谊的,只四个人:一个满振先,读过《曾文正公全集》,只想作模范军人。一个陆弢,侠客的崇拜者。一个田杰,就是我小时候在技术班的同学,第一次得过兵役名额的美术学校学生,心怀大志的角色。这三个人当年纪青青的时节,便一同徒步从黔省到过云南,又徒步过广东,又向西从宜昌徒步直抵成都。还有一个郑子参,从小便和我在小学里同学,我在参谋处办事时节,便同他在一个房子里住下。平常人说的多是幼有大志,投笔从戎,我们当时却多是从戎而无法投笔的人。我们总以为这目前一份生活不是我们的生活。目前太平凡,太平安。我们要冒点险去做一件事。不管所做的是一件如何小事,当我们未明白以前,总得让我们去挑选。不管到头来如何不幸,我们总不埋怨这命运。因此到后来姓陆的就因泗水淹毙在当地大河里。姓满的作了小军官,广西、江西各处打仗,民十八[①]在桃源县被捷克式自动步枪打死了。姓郑的黄埔四期毕业,在东

---

① 民十八:即1929年。

江作战以后，也消失了。姓田的从军官学校毕业作了连长，现在还是连长。我就成了如今的我。

我们部队既派遣了一个部队过川东作客，本军又多了一个税收局卡，给养就充足了些。那时候军阀间暂时休战，"联省自治"的口号喊得极响，"兵工筑路垦荒""办学校""兴实业"，几个题目正给许多人在京、沪及各省报纸上讨论。那个统领官既力图自强，想为地方做点事情，因此参考山西省的材料，亲手草了一个湘西各县自治的计划，召集了几度县长与乡绅会议，计划把所辖十三县划成一百余乡区，试行湘西乡自治。草案经过各县区代表商定后，一切照决议案着手办去。不久就在保靖地方设立了一个师范讲习所，一个联合模范中学，一个中级女学，一个职业女学，一个模范林场。另外还组织了六个工厂。本地又原有一个军官学校，一个学兵教练营。再加上六千左右的军农队。学校教师与工厂技师，全部由长沙聘来，因此地方就骤然有了一种崭新的气象。此外为促进乡治的实现与实施，还筹备了个定期刊物，置办了一部大印报机，设立了一个报馆。这报馆首先印行的便是《乡治条例》与各种规程。文件大部分由那统领官亲手草成，乡代表审定通过，由我在石印纸上用胶墨写过一次。现在既得用铅字印行，一个最合理想的校对，便应当是我了。我于是暂时调到新报馆作了校对,部中有文件抄写时,便又转回部中。从市街走,两地相距约两里,从后山走稍近,我为了方便时常从那埋葬小孩坟墓上蹲满野狗的山地走过,每次总携了一个大棒。

选自《从文自传》,开明书店一九三八年七月版

一个转机

调进报馆后,我同一个印刷工头住在一间房子里。房中只有一个窗口,门小小的。隔壁是两架手摇平板印刷机,终日叽叽咯咯大声响着。

这印刷工人倒是个有趣味的人物。脸庞眼睛全是圆的,身个儿长长的,具有一点青年挺拔的气度。虽只是个工人,却因为在长沙地方得风气之先,由于五四运动的影响,成了个进步工人。他买了好些新书新杂志,削了几块白木板子,用钉子钉到墙上去,就把这些古怪东西放在上面。我从司令部搬来的字帖同诗集,却把它们放到方桌上。我们同在一个房里睡觉,同在一盏灯下做事,他看他的新书时我就看我的旧书。他把印刷纸稿拿去同几个别的工人排好印出样张时,我就好好的来校对。到后自然而然我们就熟习了。我们一熟习,我那好向人发问的乡巴佬脾气，有机会时，必不放过那点机会。我问那本封面上有一个打赤膊人像的书是什么，他告了我是《改造》以后，我又问他那《超人》是什么东西。我还记得他那时的样子，脸庞同眼睛皆圆圆的，简直同一匹猫儿一样："唉，伢俐，怎么个末朽？一个天下闻名的女诗人……也不知道么？""我只知道唐朝女诗人鱼玄机是个道士。""新的呢？""我知道随园女弟子。""再新一点？"我把头摇摇，不说话了。我看他那神气，我觉得有点害羞，我实在什么也不知道。一会儿我可就知道了，因为我顺从他的指点，看了这本书中一篇小说。看完后我说："这个我知道了。你那报纸是什么报纸？是老《申报》吗？"于是他一句话不说，又把刚清理好的一卷《创造周报》推到我面前来，意思好像只要我一看就会明白似的，若不看，他纵说也说不明白。看了一会儿，我记着了几个人的名字。又知道白话文与文言文不同的地方，其一落脚用"也"字同"焉"字，其一落脚却用"呀"字同"啊"字；其一写一件事情越说得少越好，其一写一件事情越说得多越好。我自己明白了这点区别以后，又去问那印刷工人，他告我的大体也差不多。当时他似乎对于我有点觉得好笑，在他眼中，我真如长沙话所谓有点朽。

不过他似乎也很寂寞，需要有人谈天，并且向这个人表现表现思想。就告我白话文最要紧处是"有思想",若无思想,不成文章。当时我不明白什么是思想,觉得十分忸怩。若猜得着十年后我写了些文章,被一些连看我文章上所说的话语意思也不懂的批评家,胡乱来批评我文章"没有思想"时,我即不懂"思想"是什么意思,当时似乎也就不必怎样惭愧了。

这印刷工人我很感谢他,因为若没有他的一些新书,我虽时时刻刻为人生现象自然现象所神往倾心,却不知道为新的人生智慧光辉而倾心。我从他那儿知道了些新的,正在另一片土地同一日头所照及的地方的人,如何去用他们的脑子,对于目前社会作反复检讨与批判,又如何幻想一个未来社会的标准与轮廓。他们那么热心在人类行为上找寻错误处,发现合理处,我初初注意到时,真发生不少反感!可是,为时不久,我便被这些大小书本征服了。我对于新书投了降,不再看《花间集》,不再写《曹娥碑》,却欢喜看《新潮》《改造》了。

我记下了许多新人物的名字,好像这些人同我都非常熟习。我崇拜他们,觉得比任何人还值得崇拜。我总觉得希奇,他们为什么知道事情那么多,一动起手来就写了那么多,并且写得那么好。

为了读过些新书,知识同权力相比,我愿意得到智慧,放下权力。我明白人活到社会里,应当有许多事情可做,应当为现在的别人去设想,为未来的人类去设想,应当如何去思索生活,且应当如何去为大多数人牺牲,为自己一点点理想受苦,不能随便马虎过日子,不能委屈过日子。

我常常看到报纸上普通新闻栏说的卖报童子读书、补锅匠捐款兴学等记载,便想,自己读书既毫无机会,捐款兴学倒必须做到。有一次得了十天的薪饷,就全部买了邮票,封进一个信封里,另外又写了一张信笺,说明自己捐款兴学的意思。末尾署名"隐名兵士",悄悄把信寄到上海《民国日报·觉悟》编辑处去,请求转交"工读团"。做过这件事情后,心中有说不出的秘密愉快。

那时皮工厂、帽工厂、被服厂、修械厂组织就绪已多日,各部分皆有了大规模的标准出品。师范讲习所第一班已将近毕业,中学校、女学校、模范学校,全已在极有条理情形中上课。我一面在校对职务上做我的事情,一面向那印刷工人问些下面的情形,一面就常常到各处去欣赏那些我从不见到过的东西。修械处的长大车床与各种大小轮轴,被一条在空中的皮带拖着飞跃活动,从我眼中看来实在是一种壮观。其他各个工厂亦无不触目惊人。还有学校,那些从各处派来的青年学生,

第一章　永远学不尽的人生

在一班年青教师指导下，在无事无物不新的情形中，那份活动实在使我十分羡慕。我无事情可做时，总常常去看他们上课，看他们打球。学生中有些原来和我在小学时节一堆玩过闹过的，把我请到他们宿舍去，看看他们那样过日子，我便有点难受。我能聊以自解的只一件事，就是我正在为国家服务，却已把服务所得，作了一次捐资兴学的伟大事业。

本军既多了一些税收，乡长会议复决定了发行钞票的议案，金融集中到本市，因此本地顿呈现空前的繁荣。为了乡自治的决议案，各县皆摊款筹办各种学校，同时造就师资，又决定了派送学生出省或本省学习的办法。凡学棉业、蚕桑、机械、师范，以及其他适于建设的学生，在相当考试下，皆可由公家补助外出就学。若愿入本省军官学校，人既在本部任职，只要有意思前去，即可临时改委一少尉衔送去。我想想，我也得学一样切实的技能，好来为本军服务。可是我应当学什么，能够学什么，完全不知道。

因为部中的文件缮写，需要我处似乎比报纸较多，我不久又被调了回去，仍然作我的书记。过了不久，一场热病袭到了身上，在高热胡涂中任何食物不入口，头痛得像斧劈，鼻血一碗一摊的流。我支持了四十天。感谢一切过去的生活，造就我这个结实的体魄，没有被这场大病把生命取去。但危险期刚过不久，平时结实得同一只猛虎一样的老同学陆弢，为了同一个朋友争口气，泅过宽约一里的河中，却在小小疏忽中被洄流卷下淹死了。第四天后把他尸体从水面拖起，我去收拾他的尸骸掩埋，看见那个臃肿样子时，我发生了对自己的疑问。我病死或淹死或到外边去饿死，有什么不同？若前些日子病死了，连许多没有看过的东西都不能见到，许多不曾到过的地方也无从走去，真无意思。我知道见到的实在太少，应知道应见到的可太多，怎么办？

我想我得进一个学校，去学些我不明白的问题，得向些新地方，去看些听些使我耳目一新的世界。我闷闷沉沉的躺在床上，在水边，在山头，在大厨房同马房，我痴呆想了整四天，谁也不商量，自己很秘密的想了四天。到后得到一个结论了，那么打量着："好坏我总有一天得死去，多见几个新鲜日头，多过几个新鲜的桥，在一些危险中使尽最后一点气力，咽下最后一口气，比较在这儿病死或无意中为流弹打死，似乎应当有意思些。"到后，我便这样决定了："尽管向更远处走去，向一个生疏世界走去，把自己生命押上去，赌一注看看，看看我自己来支配一下自己，比让命运来处置得更合理一点呢还是更糟糕一点？若好，一切有办法，一切今天不能解决的明天可望解决，那我赢了；若不好，向一个陌生地方跑去,我终于有一时节肚子瘪瘪的倒在人家空房下阴沟边,那我输了。"

我准备过北京读书,读书不成便作一个警察,作警察也不成,那就认了输,不再作别的好打算了。

当我把这点意见,这样打算,怯怯的同我上司说及时,感谢他,尽我拿了三个月的薪水以外,还给了我一种鼓励。临走时他说:"你到那儿去看看,能进什么学校,一年两年可以毕业,这里给你寄钱来。情形不合,你想回来,这里仍然有你吃饭的地方。"我于是就拿了他写给我的一个手谕,向军需处取了二十七块钱,连同他给我的一分勇气,离开了我那个学校,从湖南到汉口,从汉口到郑州,从郑州转徐州,从徐州又转天津,十九天后,提了一卷行李,出了北京前门的车站,呆头呆脑在车站前面广坪中站了一会儿。走来一个拉排车的,高个子,一看情形知道我是乡巴佬,就告给我可以坐他的排车到我所要到的地方去。我相信了他的建议,把自己那点简单行李,同一个瘦小的身体,搁到那排车上去,很可笑的让这运货排车把我拖进了北京西河沿一家小客店,在旅客簿上写下——

沈从文年二十岁学生湖南凤凰县人

便开始进到一个使我永远无从毕业的学校,来学那课永远学不尽的人生了。

一九三一年八月在青岛作

选自《从文自传》,开明书店一九三八年七月版

我年轻时读什么书

每个人认了不少单字,到应当读书的年龄时,家中大人必为他选择种种"好书"阅读。这些好书在"道德"方面照例毫无瑕疵,在"兴味"方面也照例十分疏忽。中国的好书其实皆只宜于三四十岁人阅读,这些大人的书既派归小孩子来读,自然有很大的影响,就是使小孩子怕读书,把读书认为是件极其痛苦的事情。有些小孩从此成为半痴,有些小孩就永远不肯读书了。一个人真真得到书的好处,也许是能够自动看书时,就家中所有书籍随手取来一本两本加以浏览,因之对书发生浓厚感情,且受那些书影响成一个人。

我第一次对于书发生兴味,得到好处,是五本医书。(我那时已读完了《幼学琼林》与《龙文鞭影》,《四书》也已成诵。这几种书简直毫无意义。)从医书中我知道鱼刺卡喉时,用猫口中涎液可以治愈。小孩子既富于实验精神，家中恰好又正有一只花猫，因此凡家中人被鱼刺卡着时，我就把猫捉来，实验那丹方的效果。又知道三种治癣疥的丹方，其一，用青竹一段，烧其一端，就一端取汁，据说这水汁就了不得。其二，用古铜钱烧红淬入醋里，又是一种好药。其三，烧枣核存性，用鸡蛋黄炒焙出油来，调枣核末，专治癞痢头。这部书既充满了有幻术意味的丹方，常常可实验，并且因这种应用上使我懂得许多药性，记得许多病名。

我第二次对于书发生兴味，得到好处，是一部《西游记》。前一书若养成我一点幼稚的实验的科学精神，后一书却培养了我的幻想，使我明白与科学精神相反那一面种种的美丽。这本书混合了神的尊严与人的谐趣——一种富于泥土气息的谐趣。当时觉得它是部好书，到如今尚以为比许多堂皇大著还好。它那安排故事、刻画人物的方法，就是个值得注意的方法。读书人千年来，皆称赞《项羽本纪》，说句公道话，《项羽本纪》中那个西楚霸王，他的神气只能活在书生脑子里。至于《西游记》上的猪悟能，他虽时时刻刻腾云驾雾（驾的是黑云！），依然是个人。他世故，胆小心虚，又贪取一点小便宜，而且处处还装模作样，却依然是个很可爱的活人。读者——尤其是青年读者——若想在书籍中找寻朋友，猪悟能比楚霸王好像更是个好朋友。

我第三次看的是一部兵书，上面有各种套彩阵营的图说，各种火器的图说，看来很有趣味。家中原本愿意我世袭云骑尉，我也以为将门出将是件方便事情。不过看了那兵书残本以后，他给了我一个转机。第一，证明我体力不够统治人；第二，证明我行为受拘束忍受不了，且无拘束别人行为的兴味。而且那书上几段孙吴治兵的心法，太玄远抽象了，不切于我当前的生活。从此以后我的机会虽只许可我作将军，我却放下这种机会，成为一个自由人了。

这三种书帮助我，影响我，也就形成我性格的全部。

原载于一九三五年六月《青年界》第八卷第一号

第二章 爱在呼吸之间

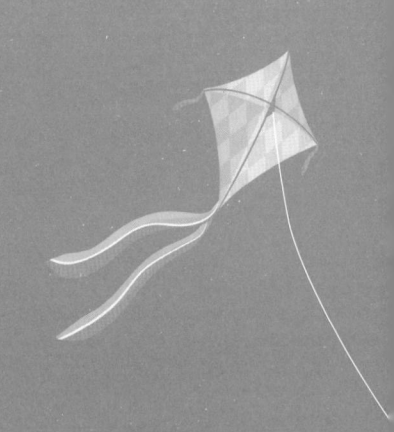

三三,想起我们那么好,我真得轻轻的叹息,我幸福得很,有了你,我什么都不缺少了。

月　下

"求你将我放在你心上如印记,带在你臂上如戳记。"我念诵着雅歌来希望你,我的好人。

你的眼睛还没掉转来望我,只起了一个势,我早惊乱得同一只听到弹弓弦子响中的小雀了。我是这样怕与你灵魂接触,因为你太美丽了的原故。

但这只小雀它愿意常常在弓弦响声下惊惊惶惶乱窜,从惊乱中它已找到更多的舒适快活了。

在青玉色的中天里,那些闪闪烁烁底星群,有你底眼睛存在:因你底眼睛也正是这样闪烁不定,且不要风吹。

在山谷中的溪涧里,那些清莹透明底出山泉,也有你底眼睛存在：你眼睛我记着比这水还清莹透明，流动不止。

我侥幸又见到你一度微笑了，是在那晚风为散放的盆莲旁边。这笑里有清香，我一点都不奇怪，本来你笑时是有种比清香还能入人心脾的东西！

我见到你笑了，还找不出你的泪来。当我从一面篱笆前过身，见到那些嫩紫色牵牛花上负着的露珠，便想：倘若是她有什么不快事缠上了心，泪珠不是正同这露珠一样美丽，在凉月下会起虹彩吗？

我是那么想着，最后便把那朵牵牛花上的露珠用舌子舔干了。

怎么这人哪，不将我泪珠穿起？你必不会这样来怪我，我实在没有这种本领，不知要怎样去穿。我头发白的太多了，纵使我能，也找不到穿它的东西！

病渴的人，每日里身上疼痛，心中悲哀，你当真愿意不愿给渴了的人一点甘露喝？

这如像做好事的善人一样：可怜路人的渴涸，济以茶汤。恩惠将附在这路人心上，做好事的人将蒙福至于永远。

我日里要做工，没有空闲。在夜里得了休息时，便沿着山涧去找你。我不怕虎狼，也不怕伸着两把钳子来吓我的蝎子，只想在月下见你一面。

碰到许多打起小小火把夜游的萤火，问它朋友朋友，你曾见过一个人吗？它说你找那个人是个什么样子呢？

我指那些闪闪烁烁的群星，哪，这是眼睛；

我指那些飘忽白云，哪，这是衣裳；

我要它静心去听那些涧泉和音，哪，她声音同这一样；

我末了把刚从花园内摘来那朵粉红玫瑰在它眼前晃了一下，哪，这是脸——

这些小东西，虽不知道什么叫作骄傲，还老老实实听我所说的话。但当我说了时，问它听清白没有，只把头摇了摇就想跑。

"怎么，究竟见不见到呢？"——我赶着它问。

"我这灯笼照我自己全身还不够！先生，放我吧，不然，我会又要绊倒在那些不忠厚的蜘蛛设就的圈套里……虽然它也不能奈何我，但我不愿意同它麻烦。先生，你还是问别个吧，再扯着我会赶不上她们了。"——它跑去了。

我行步迟钝，不能同它们一起遍山遍野去找你——但凡是山上有月色流注到的地方我都到了，不见你底踪迹。

回过头去,听那边山下有歌声飘扬过来,这歌声出于日光只能在垣外徘徊的狱中。我跑去为他们祝福:

你那些强健无知的公绵羊啊!
神给了你强健却吝了智识:
每日和平守分地咀嚼主人给你们的窝窝头,
疾病与忧愁永不凭附于身;
你们是有福了——阿们!

你那些懦弱无知的母绵羊啊!
神给了你温柔却吝了知识:
每日和平守分地咀嚼主人给你们的窝窝头,
失望与忧愁永不凭附于身;
你们也是有福了——阿们!

世界之霉一时侵不到你们身上,
你们但和平守分地生息在圈牢里:
能证明你主人底恩惠——
同时证明了你主人底富有,
你们都是有福了——阿们!

第二章　爱在呼吸之间

当我起身时，有两行眼泪挂在脸上。为别人流还是为自己流呢？我自己还要问他人。但这时除了中天那轮凉月外，没有能做证明的人。

我要在你眼波中去洗我的手，摩到你的眼睛，太冷了。

倘若你的眼睛真是这样冷，在你鉴照下，有个人的心会结成冰。

选自《鸭子》，北新书局一九二六年十一月版

泊缆子湾

十五日下午七点十分

我的小船已泊定了。地方名"缆子湾",专卖缆子的地方。两山翠碧,全是竹子。两岸高处皆有吊脚楼人家,美丽到使我发呆。并加上远处叠嶂,烟云包裹,这地方真使我得到不少灵感!我平常最会想象好景致,且会描写好景致,但对于当前的一切,却只能做呆二了。一千种宋元人作桃源图也比不上。

我已把晚饭吃过了,吃了一碗饭,三个鸡子,一碗米汤,一段腊肝。吃得很舒服,因此写信时也从容了些。下午我为四丫头写了个信。我现在点了两支蜡烛为你写信,光抖抖的,好像知道我要写些什么话,有点害羞的神气。我写的是……别说了，我不害羞烛光可害羞！

三三，你看了我很多的信了，应当看得出我每个信的心情。我有时写得很乱，也就是心正很乱。譬如现在呢，我心静静的，信也当静静的写下去。吃饭以前我校过几篇《月下小景》，细细的看，方知道原来我文章写得那么细。这些文章有些方面真是旁人不容易写到的。我真为我自己的能力着了惊。但倘若这认识并非过分的骄傲，我将说这能力并非什么天才，却是耐心。我把它写得比别人认真，因此也就比别人好些的。我轻视天才，却愿意人明白我在写作方面是个如何用功的人。

我还在打量，看如何一来方把我发展完全，不至于把力量糟蹋到其他小事上去。同时还有你，你若用心些，你的成就同我将是一样的。我希望你比我还好，你做得到。一定做得到。我心太杂乱，只有写作能消耗掉。你单纯统一。比我强。

你接到这信时，一定先六七天就接到了我的电报。我的电报一定将使你为难。我知道家中并无什么钱。上海那百块钱纵来了，家中这个月就处处要钱用。你一定又得为我借债，一定又得出面借债！想起这些事我很不安。我记起了你给我那两百块钱，钱被九九拿去做学费了，你却两手空空的在青岛同我蹲下去。结婚时又用了你那么多钱。我们两人本来不应当分什么了的。但想起用了那么多钱，三三到冬天来还得穿那件到人家吃茶时不敢脱下的大衣，你想，我怎么好过。三三，我这时还想起许多次得罪你的地方，我眼睛是湿的，模糊了的。我觉得很对不起你。我的人，倘若这时节我在你身边，你会明白我如何爱你！想起你种种好处，我自己便软弱了。我先前不是说过吗："你生了我的气时，我便特别知道我如何爱你。"现在你并不生我的气，现在你一定也正想着远远的一个人。我眼泪湿湿的想着你一切的过去！

三三，我想起你中公①时的一切，我记起我当年的梦，但我料不到的是三三会那么爱我！让我们两个人永远那么要好吧。我回来时，再不会使你生气面壁了。我在船上学得了反省，认清楚了自己种种的错处。只有你，方那么懂我并且原谅我。

我因为冷得很，已把被盖改变了一下，果然暖多了。我已不什么冷了，睡觉时把衣脱去，一定更暖和了。我们的船傍着一大堆船停泊的，隔船有念书的，唱戏的，说笑话的。我船上水手，则卧在外舱吃鸦片烟，一面吃烟还是一面骂野话。船

---

① 中公：指上海中国公学。

轻轻的摇摆着,烛光一跳一跳,我猜想你们也正把晚饭吃过为我算着日子。

我一哭了,便心中十分温柔。

我还有五天在这小船上,至少得四天。明天我预备做事了。

我希望到了家中,就可看到我那篇论海派的文章,因为这是你编的……我盼望梦里见你的微笑。

十五下

三三,船旁拢了一只麻阳船,一个人在用我那地方口音说话,我真想喊他一声!

还有更动人的是另一个人正在唱"高腔",声音韵极了。动人得很!

你以为我舱里乱七八糟是不是?我不许你那么猜。正相反,我的舱中太干净了,一切皆放光,一切并且极有秩序,是小船上规矩!明天若有太阳,我当为这小舱照个相寄给你。照片因天气不好,还不开始用它。只是今天到柳林岔时,景致太美,便不问光线如何在船头照了一张……

我听到隔船那同乡"果囊","果条伢哉","果才蠢喃",

风的去处便是我的去处

我真想问问他是"哪那的"人。①三三,乡音还不动人,还有小孩的哭声,这小孩子一定也是"果囊"人的。哭的声音也有地方性,有强烈个性!

选自《湘行集》,岳麓书社一九九二年十二月版

---

① 果囊,果条伢哉,果才蠢喃,哪那的:凤凰方言,意为"那里,那个孩子,这真蠢,哪里的"。

今天只写两张

十六日上午九点

现在已九点钟,小船还不开动,大雪遮盖了一切,连接了天地。我刚吃过饭。我有点着急,但也明白空着急毫无益处。晚上又睡不好。同你离开后就简直不能得到一个夜晚的安睡。但并不妨事,精神可很好。七点左右我就起来看自己的书,校正了些错字,且反复检查了一会儿。《月下小景》不坏,用字顶得体,发展也好,铺叙也好。尤其是对话。人那么聪明!二十多岁写的。这文章的写成,同《龙朱》一样,全因为有你!写《龙朱》时因为要爱一个人,却无机会来爱,那作品中的女人便是我理想中的爱人。写《月下小景》时,你却在我身边了。前一篇男子聪明点,后一篇女子聪明点。我有了你，我相信这一生还会写得出许多更好的文章！有了爱，有了幸福，分给别人些爱与幸福，便自然而然会写得出好文章的。对于这些文章我不觉得骄傲，因为等于全是你的。没有你，也就没有这些文章了。而且是习作，时间还多呐。

我今天想做点事，写两篇短论文，好在辰州时付邮。故只预备为你写两张信。我的小船已开动了，看情形，到家中至少还得七天。我发现所带的信纸太少了，在路上就会完事，到家后不知用什么来写信。我忘了告你把信寄存到辰州邮局的办法了，若早记着这一种办法，则我船到辰州时，可看到你几封信，从家中回辰时，又可接到你一大批信了。多有你些信，我在路上也一定好过些。

我真希望你梦里来找寻我，沿河找那黄色小船！在一万只船中找那一只。好像路太远了点，梦也不来。我半夜总为怕人的梦惊醒，心神不安，不知吃什么就好些。我已买了一顶绒帽，同我两人在前门大街看到的一样，花去了四角钱。还不能得一双棉鞋，就因为桃源地方各处便买不出棉鞋。我也许到辰州便坐轿子回去，因为轿子到底快一些。坐轿人可苦一点，然而只要早到早回，苦点也不在乎了。天气太冷，空气也仿佛就要结冰的样子。乡村有鸡叫，鸡声也似乎寒冷得很。来得不凑巧，想不到南方的冷比北方还坏些。

又有了橹歌。简直是诗！在这些歌声中我的心皆发抖，它好像在为我唱的，为爱而唱的。事实上是为了劳动而自得其乐唱的。下水船摇橹不费事！

船坐久了心也转安静，但我还是受不了的。每一桨下去，我皆希望它去得远一点，每一篙撑去，我皆希望它走得快一点。但一切无办法。水太急了，天气又太冷。

今天小船还得上一个大滩，也许我就得上岸走路。这滩上照例有若干大船破碎不完的搁在浅水中，照例每天有船坏事。你可放心，这全是大船出的乱子，小船分量轻，面积小，还无资格搁在那地方的！并且上水从河边走，更无所谓危险。这信到你手边时，过三四天我一定又坐着这样小船在下滩了。那滩名"青浪滩"，问九九，九九知道。滩长廿五里，不到十分钟可以下完。①至于上去，可就麻烦了，有时一整天。大船上去得一整天，小船则两三个钟头够了。天气好些，我当照个相，送给你领略一下，将来上行时有个分寸。四丫头一定不怕这种滩水，因为她的大相在旅行中还是笑眯眯的。

我小船已上一小滩了，水吼得吓人，浪打船边舱板很重。我不怕，我不怕。有了你在我心上，我不拘做什么皆不吓怕

---

① 原信旁注："共四十里廿分钟直下，好险！"

了。你还料不到你给了我多少力气和多少勇气。同时你这个人也还不很知道我如何爱你的。想到这里我有点小小不平。

我今天恐不能为你作画了,我手冻得发麻,画画得出舱外风中去,更容易把手冻僵,故今天不拿铅笔。山同水越到上面也越好,同时也似乎因为太奇太好,更不能画它了。你若见到了这里的山,你就会觉得劳山那些地方建筑房子太可笑了。也亏山东人好意思,把那些地方也当成好风景,而且作为修仙学道的地方。真亏他们。你明年若可以离开北平了,我们两人无论如何上来一趟,到辰州家中住一阵,看看这里不称为风景的山水,好到什么样子。我还希望你有机会同我到凤凰住住,你看那些有声有色的苗人如何过日子!

三三,我的小船快走到妙不可言的地方了,名字叫"鸭窠围",全河是大石头,水却平平的,深不可测。石头上全是细草,绿得如翠玉,上面盖了雪。船正在这左右是石头的河中行走。"小阜平冈",我想起这四个字。这里的小阜平冈多着……

二哥

一月十六十点

选自《湘行集》,岳麓书社一九九二年十二月版

第三张……

十六日十一点

我不是说今天只预备写两页信吗,这不成的。两岸雀鸟叫得动人得很,我学它们叫,文章也写不下去了。现在我已学会了一种曲子,我只想在你面前来装成一只小鸟,请你听我叫一会子。南边与北方不同的地方也就在此,南方冬天也有莺,画眉,百舌。水边大石上,只要天气好,每早就有这些快乐的鸟,据在上面晒太阳,很自得的啭着喉咙。人来了,船来了,它便飞入岸边竹林里去。过一会儿,又在竹林里叫起来了。从河中还常常可以看到岸上有黄山羊跑着,向林木深处窜去。这些东西同上海法国公园养的小獐一个样子,同样的色泽,同样的美而静,不过黄羊胖一点点罢了。

你还记得在崂山时看人死亡报庙时情形没有？一定还好好记得。我为那些印象总弄得心软软的。那真使人动心，那些吹唢呐的，打旗帜的，带孝的，看热闹的，以至于那个小庙，使人皆不容易忘掉。但你若到我们这里来，则无事不使你发生这种动人的印象。小地方的光、色、习惯、观念，人的好处同坏处，凡接触到它时，无一不使你十分感动。便是那点愚蠢，狡猾，也仿佛使你城市中人非原谅他们不可。不是有人常常问到我们如何就会写小说吗？倘若许我真真实实的来答复，我真想说："你到湘西去旅行一年就好了。"但这句话除了你恐怕无人相信得过。

你这人好像是天生就要我写信似的。见及你，在你面前时，我不知为什么就总得逗你面壁使你走开，非得写信赔礼赔罪不可。同你一离开，那就更非时时刻刻写信不可了。倘若我们就是那么分开了三年两年，我们的信一定可以有一箱子了。我总好像要同你说话，又永远说不完事。在你身边时，我明白口并不完全是说话的东西，故还有时默默的。但一离开，这只手除了为你写信，别的事便无论如何也做不好了。可是你呢？我还不曾得到你一个把心上挖出来的信。我猜想你寄到家中的信，也一定因为怕家中人见到，话说得不真。若当真为了这样小心，我见到那些信也看得出你信上不说，另外要说

第二章 爱在呼吸之间

的话。三三,想起我们那么好,我真得轻轻的叹息,我幸福得很,有了你,我什么都不缺少了。

二哥

十六午前十一点廿分

选自《湘行集》,岳麓书社一九九二年十二月版

鸭窠围的梦

十七日上六点十分

五点半我又醒了,为噩梦吓醒的。醒来听听各处,世界那么静。回味梦中一切,又想到许多别的问题。山鸡叫了,真所谓百感交集。我已经不想再睡了。你这时说不定也快醒了!你若照你个人独居的习惯,这时应当已经起了床的。

我先是梦到在书房看一本新来的杂志,上面有些希奇古怪的文章,后来我们订婚请客了,在一个花园中请了十个人,媒人却姓曾。一个同小五哥年龄相仿佛的中学生,但又同我是老同学。酒席摆在一个人家的花园里,且在大梅花树下面。来客整整坐了十位,只其中曾姓小孩子不来,我便去找寻他,到处找不着,再赶回来时客全跑了,只剩下些粗人,桌上也只放下两样吃的菜。我问这是怎么回事,方知道他们等客不来,各人皆生气散了。我就赶快到处去找你,却找不到。再过一阵,我又似乎到了我们现在的家中房里,门皆关着,院子外有狮子一只咆哮,我真着急。想出去不成,想别的方法通知一下你们也不成。这狮子可是我们家养的东西,不久张大姐(她年纪似乎只十四岁)拿生肉来喂狮子了,狮子把肉吃过就地翻筋斗给我们看。我同你就坐在正屋门限上看它玩一切把戏,还看得到好好的太阳影子!再过一阵我们出门野餐去了,到了个湖中央堤上,黄泥作成的堤,两人坐下看水,那狮子则在水中游泳。过不久这狮子理着项下长须,它变成了同于右任差不多的一个胡子了……

醒来只听到许多鸡叫,我方明白我还是在小船上。我希望梦到你,但同时还希望梦中的你比本来的你更温柔些。可是我成天上滩,在深山长潭里过日子,梦得你也不同了。也许是鲤鱼精来作梦,假充你到我面前吧。

这时真静,我为了这静,好像读一首怕人的诗。这真是诗。不同处就是任何好诗所引起的情绪,还不能那么动人罢了。这时心里透明的,想一切皆深入无间。我在温习你的一切。我真带点儿惊讶,当我默读到生活某一章时,我不止惊讶。我称量我的幸运,且计算它,但这无法使我弄清楚一点点。你占去了我的感情全部。为了这点幸福的自觉,我叹息了。

倘若你这时见到我,你就会明白我如何温柔!一切过去的种种,它的结局皆在把我推到你身边心上,你的一切过去也皆在把我拉近你身边心上。这真是命运。而且从二哥说来,这是如何幸运!我还要说的话不想让烛光听到,我将吹熄了这支蜡烛,在暗中向空虚去说。

二哥

选自《湘行集》,岳麓书社一九九二年十二月版

天明号音

廿下一时十分

这里已是下午一点又十分，我的船已过了有名的箱子岩，再过四点钟就会到最后一个码头了。我小船是上午七点开行的。船还未开动时，听到各船上吹天明号音，从大船起始，凡是有军队的皆一一依次吹号，吹完事后便听到有人拉移铁锚声，推篷声，喊人声。这点情形使我温习了一个日子长长的旧梦。我上来还是第一次听到天明号音。大约十四年前时节，我同许多人一样，这声音刚起头，各人就应当从热被中爬起，站在大坪中成一列点名的。现在呢，我同样被这号音又弄醒了。我想念你。三三，倘若两人一同在这小船上来为这种号音惊醒，我一定会告你许多旧事。但如今我写不完这些旧事，这太多了，太旧了，太琐碎了。你若听到过这样号音，一定也有些悟处。这种声音说起来真是又美又凄凉，我还不曾觉得有何种音乐能够与这个相提并论。

我早饭吃得很好，你放心。我似乎并不瘦，你放心。我还有三天在路上过日子，这三天之中我将吃得饱饱的，睡得足足的，使家中人见到，皆明白这是你给我一切照料的结果。我在辰州已换了件汗衣，是云六的。我墨水泼尽后又新从大哥处取来一瓶，到家后这种东西必不缺少，可是纸张只剩下一点点，倒有点惶恐，只担心到地后找寻不着这种东西。我到辰州时送了大哥一个苹果，吃完事后他把眼睛一闭，"吃得吗？金山苹果！美国桔子！维他命多，合乎卫生！"三三，他那神气真妩媚得很！

你收到这信后必有四天方可再得到我的信，因为从浦市过凤凰，来回必须四天的。我还怕初到地不能为你写信，希望得你原谅。

我小船到了一个好山下了，你瞧，多美丽！我想看看这山，等等再写给你一些。

你二哥
廿下四时廿分

浦市已到，一切安宁。

选自《湘行集》，岳麓书社一九九二年十二月版

再到柳林岔

二号上午九点

这个时节我的小船已行走了五十里路,快要到美丽的柳林岔了。今天还未天亮时,船上人乘着濛濛月就下了最大最长的一个青浪滩,船在浪里过去时,只听到吼声同怒浪拍打船舷声,各处全是水,但毫不使人担心。照规矩,下行船在潭口上游有红嘴老鸦来就食,这船就不会发生任何危险。老鸦业已来过,故船上人就不在乎了。说到这老鸦时也真怪,下行船它来讨饭,把饭向空中抛去,它接着,便飞去了。它却不向上行船打麻烦。今天无风,水又极稳,故预备一夜赶到桃源。但车子不凑巧,我也许不能不在常德停一天,必得后天方能过长沙。天气阴阴的,也不很冷,也无雨无雪,坐船得这样天气,可以说是十分幸福的。我觉得一天比一天接近你了,我快乐得很!

我今天又得吃鱼,水手的鱼真不可不吃,不忍不吃。鱼卖一毛钱一斤,不买它来吃,不说打鱼人,便是鱼也会多心的。我带来了不少腊肉、腊肠,还有十筒茶叶,一百桔子。还有个牛角,从苗巫师处得到,预备送一个人的。还有圈子,应作送四丫头等的钏子。还有梨子,味道并不怎样高明,但已是"五千里外远客"的梨子。还有印花布,可以作客厅垫单用的宝物!到长沙时,我或许为你们带了些酱油来,或许还可带两对鸭绒枕心作为垫子。我在长沙应蹲个半天,还应见四五个人,希望天晴,在街上可以多见识见识。长沙一切皆不恶,市面尤其好看。

……前天晚上我在辰州戴家吃消夜,差不多把每一样菜皆来上一把辣子,上到鱼翅时,我以为这东西大约不会辣了,谁知还是有一钱以上的胡椒末在汤中。可是到后上莲子,可归我独享了。回家时已十二点钟,先回家的大哥早已睡觉了。

我小船又在下滩了,好大的水!这水又窄又急,滩下还停顿得有卅来只大船等待——上滩。那滩下转折处的远山,多神奇的设计!我只想把你一下捉到这里来,让你一惊,

第二章　爱在呼吸之间

我真这么想。我希奇那些住在对岸的人，对着这种山还毫不在乎。

我这时已吃过了一顿模范早餐，我吃完了饭，水手也吃完了饭，各人在吸丝烟，船在一个艄公桨下顺流而下，这长潭，又是多么神奇的境界！我吃的是一大碗糙米饭，一碗用河水煮就的河鱼，一碗紫菜苔，一点香肠。三斤半的鲤鱼我大约吃了十二两，一个大尾巴，用茶油煎成黄色的家伙，我差不多完全吃光了。假若这样在船上半年，不必读一本书，我一定也聪明多了。河鱼味道我还缺少力量来描写它。

在岸上吃过饭后的人总懒些呆些，在船上可两样了。我在船上每次把饭吃过以后，人总非常舒服。只想讲话，只想动，只想写。六月里假若我们还可以有一个月离开北平，我以为纵不是过辰州避暑，也不妨来湖南坐坐我所坐的小船，因为单是船上这种生活，只要一天，你就会觉得其他任何麻烦皆抵消了。这河上的一切，你只需看一眼，你就会终生不忘的。等着六月再看吧，若果六月时短期离开北平不是件大事，我们就来到这河上证实一下我所说的一切吧。

今天一点儿风也不起，我的小船一个整天会在这条河上走两百里路的。今天所走的路，抵前次上行四天所走的路。你

风的去处便是我的去处

只想想这个比数,也就可以想象得出这段河流的速度了。

二哥

十二点或者还欠些

(我表已不在手边了)

选自《湘行集》,岳麓书社一九九二年十二月版

重抵桃源

我小船这时就到了桃源,想不到那么快的。这时大约还不过八点钟,算算时间,昨天从八点到下六点计十个钟头,今天从上六点到下八点计十四个钟头,一共廿四个钟头便把上行的六天所走的路弄完了。若不为了过常德取你的信,我明天是就可以到长沙的。若照如此经济办法说来,则从辰州到北平,也不过只需要七天或六天的日子罢了。我的小船这时已停泊了,我今夜还在船上睡觉,明天一早就搭了汽车过常德。我估想到那旅馆可以接到你三个信,有两个信却是同一天付邮的。这信中所说的正是我要听的话,不管是骂我也行,我希望至少有一个信,在火车上方不寂寞。我要水手为我买了十个桃源鸡蛋,也许居然还可以带一个把到北平。想到我不过五天就可以见着你,我今晚上可睡不着了。我有点发慌,我知道你们这时节是在火炉边计算着我的路程的。我仿佛看着你们。我慌得很！我们不在一块儿太久了！你真万想不到我每个日子如何的过。

我今天又看了一本新书，日本人所作的，提到近代艺术的一般思潮，文章还好，却也不顶好。我想这种书你一定不高兴看，但这种书能耐耐烦烦看下去，对你实在很有益处。一般人不能作论文，不是无作论文的能力，只是不会作。看了这本书，也许多少有些好处。

这里有人用废缆作火炬，一面晃着一面在河边走路，从舱口望去好看得很。

二哥

二月二日晚

选自《湘行集》，岳麓书社一九九二年十二月版

第三章 在日光下生活

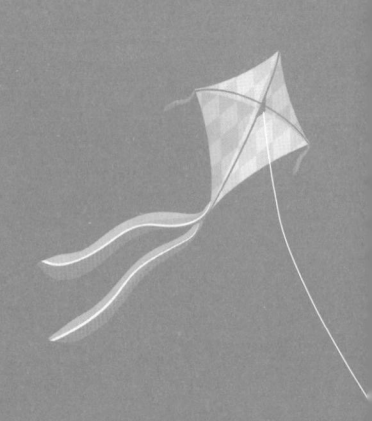

我成了一张小而无根的浮萍,风是如何吹风的去处,便是我的去处。

流　光

　　上前天，从鱼处见到三表兄由湘寄来的信，说是第二个儿子已有了四个月，会从他妈怀抱中做出那天真神秘可爱的笑样子了。我惘然想起了过去的事。

　　那是三年前的秋末。我正因为对一个女人的热恋得到轻蔑的报复，决心到北国来变更我不堪的生活，由芷江到了常德。三表兄正从一处学校辞了事不久，住在常德一个旅馆中。他留着我说待明春同行。本来失了家的我，无目的的流浪，没有什么不可，自然就答应了。我们同在一个旅馆同住一间房，并且还同在一铺床上睡觉。

　　穷困也正同如今一样。不过衣衫比这时似乎阔绰一点。我还记着我身上穿的那件蓝绸棉袍，初几次因无罩衫，竟不大好意思到街上去。脚下那英国式尖头皮鞋，也还是新从上海买的。小孩子的天真，也要多一点，我们还时常斗嘴哭脸呢。

也许还有别种缘故吧，那时的心情，比如今要快乐高兴得多了。并不很小的一个常德城，大街小巷，几乎被我俩走遍。尤其感生兴味不觉厌倦的，便是熊伯妈家中与F女校了。熊家大概是在高山巷一带，这时印象稍稍模糊了。她家有极好吃的腌莴苣，四季豆，醋辣子，大蒜；每次我们到时，都会满盘满碗从大覆水坛内取出给我们尝。F女校却是去看望三表嫂——那时的密司易——而常常走动。

我们同密司易是同行。但在我未到常德以前却没有认识过。我们是怎么认识的，这时想不起了！大概是死去不久的漪舅母为介绍过一次。……唔！是了！漪舅母在未去汉口以前，原是住到F校中！而我们同三表兄到F校中去会过她。当第一次见面时，谁曾想到这就是半年后的三表嫂呢！两人也许发现了一种特别足以注意的处所！我们在回去路上，似乎就说到她。

她那时是在F女校充级任教员。

我们是这样一天一天的熟下去了。两个月以后，我们差不多是每天要到F女校一次。我们旅馆去女校，有三里远近。间或因有一点别的事情——如有客，或下雨，但那都很少，——不能在下午到F校同上课那样按时看望她时，她每每会打发校役送来一封信。信中大致说有事相商，或请代办一点什么。事情当然是有。不过，总不是那末紧急应当即时就办的。不待说，他们是在那里创造永远的爱了。

不知为甚，我那时竟那样愚笨，单把兴味放在一架小小风琴上面去了，完全没有发现自己已成了别人配角。

三表哥是一个富于美术思想的人。他会用彩色绫缎或通草粘出各样乱真的花卉，又会绘画，又会弄有键乐器。性格呢，是一个又细腻，又懦怯，极富于女性的，搀合粘液神经二质而成的人。虽说几年来常到外面跑，做一点清苦教书事业，把先时在凤凰充当我小学校教师时那种活泼优美的容貌，用衰颓沉郁颜色代去了一半，然清癯的丰姿，温和的性格，在一般女性看来，依然还是很能使人愉快满意的！

在当时的谈话中，我还记着有许多次不知怎么便谈到了恋爱上去。其实这也很自然！这时想来，便又不能不令人疑到两方的机锋上，都隐着一个小小针。我们谈到婚姻问题时，她每每这样说：

"运用书本上得来一点理智——虽然浅薄——便可以吸引异性虚荣心，企慕心，为永远或零碎的卖身，成了现代婚姻的，其实同用金钱成交的又相差几许？我以为感情的结合，两方各在赠与，不在获得。……"

她结论是"我不爱，……其实独身还好些"。这话用我的经验归纳起来，其意正是：

过去所见的男性，没有我满意的，故不愿结婚。

一个有资格为人做主妇，为小孩子做母亲，却寻不到适意对手的女人，大都是这么说法。这正是一点她们应有的牢骚。她当然也不例外。

凡是两方都在那里用高热力创造爱情时，谁也会承认，这是非常容易达到"中和"途径的！于是，不久，他们便都以为可以共同生活下去，好过这未来的春天了。虽然他俩也会在稍稍冷静时，察觉到对方的不足与缺陷，不过那时的热情狂潮，已自动的流过去弥缝了。所以他们就昂然毅然……自然别人没法阻间也不须阻间。

这消息传出后，就有许多同学姐姐妹妹，不断的写信来劝她再思三思。这是一些不懂人情、不明事理人的蠢话罢了！哪能听的许多？

在他们还没有结婚之前，我被不可抵抗的命运之流又冲到别处去了，虽然也曾得到他们结婚照片，也曾得过他夫妇几次平常的通讯。

不久，又听到三表兄已成为一个孩子的父亲了。不久，又听到小孩子满七天时得惊风症殇掉了！……在第一次我叫三表嫂、三表兄觑着我做出会心的微笑，而她却很高兴的亲自跑进厨房为我蒸清汤鲫鱼时，那时他们仍在常德住着，我到她寓中候轮。这又是去年夏天的事了！

在这三四年当中，她生命上自必有许多值得追怀，值得流泪，值得歌咏的经过；可是，我，还依然是我！几年前所眷恋的女人，早安分的为别人做二夫人养小孩子了！到最近来便连梦也难于梦见。人呢，一天一天的老去了！长年还丧魂失魄似的东荡西荡，也许生活的结束才是归宿。……

原载于一九二五年三月二十一日《晨报副刊》

一封未曾付邮的信

阴郁模样的从文,目送二掌柜出房以后,用两只瘦而小的手撑住了下巴,把两个手拐子搁到桌子上去,"唉!无意义的人生!——可诅咒的人生!"伤心极了,两个陷了进去的眼孔内,热的泪只是朝外滚。

"再无办法,伙食可开不成了!"二掌柜的话很使他十分难堪,但他并不以为二掌柜对他是侮辱与无理。他知道,一个开公寓的人,如果住上了三个以上像他这样的客人,公寓中受的影响,是能够陷于关门的地位的。他只伤心自己的命运。

"我不能奋斗去生,未必连爽爽快快去结果了自己也不能吧?"一个不良的思绪时时抓着他的心。

生的欲望,似乎是一件美丽东西。也许是未来的美丽的梦,在他面前不住的晃来晃去,于是,他又握起笔来写他的

第三章　在日光下生活

信了。他要在这最后一次决定自己的命运。

Ａ先生：

在你看我信以前，我先在这里向你道歉，请原谅我！

一个人，平白无故向别一个陌生人写出许多无味的话语，妨碍了别人正经事情；有时候，还得给人以不愉快，我知道，这是一桩很不对的行为。不过，我为求生，除了这个似乎已无第二个途径了！所以我不怕别人讨嫌，依然写了这信。

先生对这事，若是懒于去理会，我觉得并不什么要紧。我希望能够像在夏天大雨中，见到一个大水泡为第二个雨点破灭了一般不措意。

我很为难。因为我并不曾读过什么书，不知道如何来说明我的为人以及对于先生的希望。

我是一个失业人——不，我并不失业，我简直是无业人！我无家，我是浪人——我在十三岁以前就成了一个无家可归的人了。过去的六年，我只是这里那里无目的的流浪。

我坐在这不可收拾的破烂命运之舟上，竟想不出办法去找一个一年以上的固定生活。我成了一张小而无根的浮萍，风是如何吹——风的去处，便是我的去处。湖南，四川，到处飘，我如今竟又飘到这死沉沉的沙漠北京了。

经验告我是如何不适于徒坐。我便想法去寻觅相当的工作，我到一些同乡们跟前去陈述我的愿望，我到各小工场去询问，我又各处照这个样子写了好多封信去，表明我的愿望是如何低而容易满足。可是，总是失望！生活正同弃我而去的女人一样，无论我是如何设法去与她接近，到头终于失败。

一个陌生少年，在这茫茫人海中，更何处去寻找同情与爱？我怀疑，这是我方法的不适当。

人类的同情，是轮不到我头上了。但我并不怨人们待我苛刻。我知道，在这个扰攘争逐世界里，别人并不须对他人尽什么应当尽的义务。

生活之绳，看看是要把我扼死了！我竟无法去解除。

我希望在先生面前充一个仆欧。我只要生！我不管任何生活都满意！我愿意用我手与脑终日劳作，来换取每日最低限度的生活费。我愿……我请先生为我寻一生活法。

我以为:"能用笔写他心同情于不幸者的人,不会拒绝这样一个小孩子。"这愚陋可笑的见解,增加了我执笔的勇气。

我住处是×××××,倘若先生回复我这小小愿望时。

愿先生康健!

"伙计!伙计!"他把信写好了,叫伙计付邮。

"什么?——有什么事?"在他喊了六七声以后,才听到一个懒懒的应声。从这声中,可以见到一点不愿理会的轻蔑与骄态。

他生出一点火气来了。但他知道这时发脾气,对事情没有好处,且简直是有害的,便依然按捺着性子,和和气气的喊:"来呀,有事!"

一个青脸庞二掌柜兼伙计,气呼呼的立在他面前。他准备把信放进刚写好的封套里:"请你发一下!……本京一分……三个子儿就得了!"

"没得邮花怎么发?……是的,就是一分,也没有!——你不看早上洋火、夜里的油是怎么来的!"

"……"

"一个子没有如何发?——哪里去借?"

"……"

"谁扯诳?——那无法……"

"那算了吧。"他实在不能再看二掌柜难看的青色脸了,打发了他出去。

窗子外面,一声小小冷笑送到他耳朵边来。

他同疯狂一样,全身战栗,粗暴的从桌上取过信来,一撕两半。那两张信纸,轻轻的掉了下地,他并不去注意,只将两个半边信封,叠做一处,又是一撕,向字篓中尽力的掼去。

一九二四年十二月中旬作

原载于一九二四年十二月二十二日《晨报副刊》

遥夜（节选）

三

即或是没有这些砰砰訇訇的炮声将我脆弱的灵魂摇撼，我依然也不能睡觉啊！想着这时的九二姑娘知是怎样，她也许孤零的一人，正在那阴阴沉沉的囚笼般小房中，黯淡灯光下，抽抽咽咽的将伊伤心眼泪，滴放在我给伊那张丝笺上！她也许正为伊那归依者搂在怀里，而勉强装出笑容，让那带有酒气的嘴巴，在伊颊上连吻！她也许因伤心极了，哭倦了，而熟睡了！她也会想念着过去的那一瞥，而怅惘大哭吧？

我不知觉间，又把汗衫袋内伊那两张折皱了的信纸取出了。我知道这上面有伊银箫般声音，有伊玫瑰般微笑！我用口吻了又用眼泪来浸湿。

伊匆匆忙忙的走去，便向人海中消失了！伊的遗物，怕除了我颊间保留着温馨的吻，与镂在心版上温柔微笑的淡影外，便只是这两张从一册练习簿上扎下来，背着"伊的他"，战战栗栗用铅笔写给我的信了！

伊说：是无期徒刑的人，永无自由之期，永无……在这当中，谁能救拔她？伊又说虽用力冲过了礼教墙垣，然而如今在自己耕耘的园地里，发生了许多荆棘却不能再想法拔去；伊又说欲读书却被事势所牵制，在近来，即外出亦非容易；伊又说伊的他是怎样对伊处处施以难堪压迫；伊末了还说不愿意我爱伊，爱伊实反伤伊心，而且处到此种情景下，两者都有不幸。

伊虽知道别人是用诱骗手段把伊成为占有物，但不能得家庭与社会的谅解；伊虽知道自己应负责继续生活下去，但伊毛羽已为伊的他剪去，……伊结果只怨命。

伊如今正为着"命"将倩影又向人海中消失了！

啊！亲爱的可怜的姑娘！你承认是"命"，何必又定要在你临走那头一晚上，将你那又甜又苦的热泪，流放在一个孩子的脸上来呢？你要我不必爱你，那么，你也应不须爱我……我真惭愧，不能用力来援助你；你不会于这时怨我吧？我想，你对你可怜的弟弟，或不至有丝毫憎恨！你知道你可怜的弟弟,是怎样到这喧扰纷争的世界上,不为人齿,孤独畸零的活着!

你走了,把我交付你,请你用爱丝织成网,紧紧包裹着那颗冰冷的,灰色的,不完整的小心也带着跑了!这是你的胜利,但是,我呢?空空洞洞的我,怎么来生下去?……是!我的心如今依然还是在我胸腔里,但你已把它揉碎了,你已把它啮去一角了!

狠心的姑娘!

我还记着在你动身以前给你那信——

……姑娘!将你那珍珠般眼泪尽量地随意流吧!不要吝惜。我愿它为我把所受的冷酷侮辱洗去,我愿它把我溺死。

不错!我曾小孩般倒在你怀里大哭,在那寂寥冷清的公园中。我怎么不这样怅然惘然,当你那小小嘴唇第一次在一个孩子瘦颊上为爱的洗礼时,它抚摸遍了我旧痛新创。

你说他们眼睛是一堵墙,阻隔了我俩;他们眼睛是一双剑,寒光逼住了我俩,——我不能爱你,你不敢爱我!但是,你那丰腴柔嫩的小颊,终于昨

风的去处便是我的去处

天到我庞儿上了!他们,无聊的他们,算得什么东西?

…………

这时,我要在一些刻薄,冷酷,毒恶,无意思的监视下,不措意似的,把窗幔甩去,承受你那近身时温柔的一瞥,已不可得了!我要冒着了刮面寒风,跑到社稷坛左右,寻找那合并映在银白色月光下的两个黑影,已不能够了!即或伤心身世,再不会有人来为我揾拭眼角余泪!再不会有人来偎着脸慰藉我了!……再不会有人来劝我珍重为忧伤而憔悴的身子了!

我向哪里去找我那失去了的心的碎片?……的确,除非梦里,除非梦里;但是,梦又是怎么一种不可凭靠的东西!

姑娘!可爱而又可怜的姑娘啊!请你放老实点,依然用你那柔荑,轻轻的轻轻抚着我头上的长发,我要在你那浅浅微涡的颊边吻到醒后;倘若是梦能有凭。

十三年[1]除夕——九二走后第二星期

---

[1] 十三年:即1924年。

四

在别人如狂如醉的欢喜热闹中我伴着寂寞居然也把这年节挨过了。从昨天到街头无目的闲蹀买来的一张晚报上，我才知道如今已是初五。时光老人好匆忙的脚步！

为着无聊，同六与十弟在厂甸潮水般的人众中挤了一身臭汗。在我前后的无量数男男女女，有身上红红绿绿如花似玉为施爱而来的青年女人，有脑满肠肥举动迟钝的绅士，有服饰华丽为求女人青盼的儇薄少年，有……他们她们都高兴到一百二十分似的：肩挨肩，背靠背，在那里慢慢移动。平日无人行走的公园这时正像一个大盆，满着上一盆泥鳅。也许她们他们在此盆中同时发见了一种或多种极有意思的玩意儿，足以开心，而我不会领略，所以反觉更加感到孤独无聊！

不久，我们又为着人的潮流一同冲出外面来了！

六与十都说是时间还没有到吃晚饭左右，最好是跑到十四的家中去拜年，他们说的大致是不会错的。把拜年除开，第一是六可以看看几天不见了的伊，而十弟也可以就便为八妹拜年。但他们口上的理由却单提为十四夫妇拜年。

"充配角也充厌了！我何苦又定要去到那充满着幸福——

富贵与爱美——的家中看别人演喜剧呢？即或我这麻木的感官，稍稍刺激是不什么要紧，然从别人脸上勉强表示出来的欢迎神气，也就够要人消受啊！……"

不过到后来，我这"顽固"的意思，终敌不过口上的牵扯；——也是我自己在克制我顽固，我即刻又跳上洋车，向二十四胡同进发了。

拜年究竟也还合算，只要一进屋，口上提出嗓子喊一声，进门时向着老主人略略把腰一屈，就完事了。拜年的所得，不是小时候在故乡中像周家娘似的送一串用红绒绳穿就的白制钱，却只是一盘五颜六色的糖果。这糖不知叫什么名儿，吃时但觉软软的滑滑的，大概是很值钱，也许还是什么西洋的东西！这也算是我的幸福。

在一间铺陈耀眼的客室中，着上了一个乡下气未脱寒伧气十足的我，真是不大什么适宜！我处处觉得感到迫束。但软松褐色靠椅上坐着实在比公寓中冷板凳好过一点，而且主人还未回，六与十也很直率的替主人留客——失了自主力的我，也只好不说走了。

"……女人，那么一对一对：十四与九，六与十一，十与八。……一个做太太的主妇，一个做不问家事单享点快乐的老爷。老爷到外面找钱，两太太便到家中用。太太二十五六，老爷四十二三……年龄虽似乎远了一点，但有钱可以把两方不匀称的调和，大不致妨事……太太娇憨若不解事，处处还露出孩子气，虽然已有了几个小小爱的结晶，但这并不影响到太太方面。太太依然是年青，美丽，……老爷公余回家，宴会以外，便享受太太的狂爱……即或是太太嗔怒多于喜乐，但这初不妨于幸福丝微……自然！有时还非这个不见的有趣。

"六呢，经济上是拙笨了一点。然而她们资质很恰当，而性格趣味亦不见多少龃龉，在十一的神情举止间看来，还不是个二十四岁以上的姑娘……虽说是……但总还剩下一大段青春足供她俩浪费。

"十与八呢，他们正都是在创造爱的时候，前途正有许多许多满开着白花，莺唱着情歌，……可爱的春天可走。

"我呢，我就是我。……一个人单单做梦，做一切的梦。……我是专做梦的人，这也好。……

"特意来拜年的！"

我昏昏迷迷靠在客室那张褐色椅上眍起眼睛做梦，给六一声把我吵醒了。进房来的是一个阔绰而和气的胖子，这不要说可以知道是主人了，我连忙站起来把我为到别人面前而做出的笑脸，加上一倍高兴神气。照面一下，又得六与十为介绍了一句：

"这是三弟！"

头一次困难总算解除了。谈了两分钟"天气的好丑"，最后便是吃点心。

我总会是因为久久不向一个陌生人做笑脸了，从对坐那个小镜子中，我发见我自己困难的神色。在这样新年到人家屋里不是能做这样阴惨惨样子给主人看的。从这中，别人会引起比厌恶还更甚的误会。我只好尽他们谈话，把头慢慢移到壁间那几张油画上面去。

十一来了，她是依然像小孩子般可爱。大凡女人们既没有什么很不如意的事情——譬如死丈夫，丈夫讨小，或丈夫不在家专到外面鬼混，或两方面相差处太多，或家长不好，……自然是很不容易老的，何况又有许多许多洋货铺为向外国几万里路运贩新奇化妆品呢。伊虽已为六做了七八年主妇，年龄也快到卅数目相近了，但任谁看来，都会承认伊是又风韵，又活泼，窈窕，温柔，娇美，——在间或有个时候，还会当着旁人，在六面前撒一点娇痴的一个妇人。

伊把六手上夹着年糕的筷子用极敏捷手法抢了过去，六但笑了一笑。有幸福的六！

"伊不是有意在那里骄傲人吗？！"

即或不是故意给我难堪，然这样我如何能看？我又悔恨我先前为甚不顽固到底了！

女主人十四同她八妹不久都来了，在伊等背后又同来了一位相貌不大引人注意——说刻薄点是有点笨傻；——然而命好，衣衫漂亮时髦的少年。这自然是很有意思的一回事！十四夫妇一对，六与十一又是一对，十与八也可以算成一对：他们她们虽不能像公园中那么手挽着手儿谈话，脸偎着脸儿亲热，然他们各人心是融合的，心是整个的。我们虽是相互的谈着笑着，我无论如何是不会跑进她们心上去占据着一小角位置！终于我又要起身跑了。在我身子为他们制住，口中在设辞解释我要去的意思时，眼泪正朝里面心上流。

…………

虽然在眩目的电灯下，大餐桌上，吃了一餐极精美丰富的晚饭，但心灵上的痛苦，却找不出什么相当的代价来赔偿了！

一月三十日

五

那陌生的不知名的年青的姑娘啊！一个孩子，一个懦弱的,渺小的,不为人所注意的平凡孩子,在这世界沉眠但有微细鼾呼的寂寞深夜,凭了凄清的流注到窗上床上的水银般漾动的月光,用眼泪为酒浆,贡献给神面前,祝你永生。

——祝你美丽的面目,不为一切悲哀之魔所啮伤;祝你纯洁的灵魂,永不浸入丑笨的世界缩影,祝你同玫瑰般,常开笑靥于芳春时节;祝你同春风般,到处使一切欢愉苏生,使世界光明璀璨;祝你沉酣的梦境里,能寻出神所吝惜与你的一切要求……萧萧的秋夜雨声中,你还能在你所爱的少年怀里安睡。

啊啊!姑娘!生命中的一刹那,这不过流星在长空无极间一瞥,这不过电花在漆黑深夜里一闪;但是,我便已成了你灵魂的俘虏了!我忘了社会告给我们的无意思的理性梏链,把我这无寄顿的爱,很自然的放到你苍穹般——纯洁伟大崇高的灵魂上面了!假使你知道到耶路撒冷的参朝圣地的人们是怎样一种志诚,在慈母摇篮里的小孩的微笑是怎样一种真率,你当知我是怎样的敬你。

日来的风也太猖狂了,我为了扫除我星期日的寂寞,不得不跑到东城一友人校中去消蚀这一段生命。诅咒着风的无

第三章 在日光下生活

聊，也许人人都一样。但是，当我同你在车上并排的坐着时，我却对这风私下致过许多谢忱了。风若知同情于不幸的人们，稍稍的——只要稍稍的因顾忌到一切的摧残而休息一阵，我又哪能有这样幸福？你那女王般骄傲，使我内心生出难堪的自惭，与毫不相恕的自谴。我自觉到一身渺小正如一只猫儿，初置身于一陌生锦绣辉煌的室中，几欲惶惧大号。……这呆子！这怪物，这可厌的东西！……当我惯于自伤的眼泪刚要跑出眶外时，我以为同座另外几个人，正这样不客气的把那冷酷的视线投到我身上，露出卑鄙的神气。

到这世上，我把被爱的一切外缘，早已挫折消失殆尽了！我哪能再振勇气多看你一眼？

你大概也见到东单时颓然下车的我，但这对你值不得在印象中久占，至多在当时感到一种座位宽松后的舒适罢了！你又哪能知道车座上的一忽儿，一个同座不能给人以愉快的平常而且褴褛的少年，心中会有许多不相干的眼泪待流？

我不是什么诗人，不能用悦耳的清歌唱出灵魂中的蕴藏，我的（真美善）创作品，怕不过从灰败的凹陷的两个眼眶中泻出的一汪清泪罢了！明月在我被上伏着，除她还有谁能知道？

123

风的去处便是我的去处

明月也跑去了!

二月二十二日

原载于一九二五年二月三日、二月十二日、三月九日《晨报副刊》

绿　魇

一　绿

我躺在一个小小山地上，四围是草木蒙茸枝叶交错的绿荫，强烈阳光从枝叶间滤过，洒在我头上和身前一片带白色的枯草间。松树和柏树作成一朵朵墨绿色，在十丈远近河堤边排成长长的行列。同一方向距离稍近些，枝柯疏朗的柿子树，正挂着无数玩具一样明黄照眼的果实。在左边，更远一些公路上，和较近人家屋后，尤加利树高摇摇的树身，向天直矗，狭长叶片杨条鱼一般在微风中泛闪银光。近身园地中那些石榴树，每丛相去丈许各自在阳光下立定，叶子细碎绿中还夹杂些鲜黄，阳光照及各处都若纯粹透明。仙人掌的堆积物，在园坎边一直向前延展，若不受小河限制，俨然即可延展到天际，肥大叶片绿得异常哑静，对于阳光竟若特有情感，吸收极多，生命力因之亦异常饱满。最动人的还是身后高地那一片待收获的高粱，枝叶在阳光雨露中已由青泛黄，各顶着一丛丛紫色颗粒，在微风中特有一种萧瑟感。同时从成熟状态中也可看出这一年来人的劳力与希望结合的庄严。从松柏树的行列罅隙间，还可看到远处浅淡的绿原，和那些刚由闪光锄头翻过的赭色田亩相互交错，以及镶在这个背景中的村落，村落尽头那一线银色湖光。在我手脚可及处，却可从银白光泽的狗尾草细长枯秆和黄茸茸杂草间，发现各式各样绿得等级完全不同的小草。

我努力想来捕捉这个绿芜照眼的光景，和在这个清洁明朗空气相衬，从平田间传来的锄地声，从村落中传来的舂米声，从山坡下一角传来的连枷扑击声，从空气中传来的虫鸟搏翅声，以及由于这些声音共同形成的一种特殊静境，手中一支笔，竟若丝毫无可为力。只觉得这一片绿色、一组声音、一点无可形容的气味综合所作成的境界，使我视听诸官觉沉浸到这个境界中后，已转成单纯到不可思议。企图用充满历史霉斑的文字来写它时，竟是完全的徒劳。

地方对于我虽并不完全陌生，可是这个时节耳目所接触，却是个比梦境更荒唐的实在。

第三章　在日光下生活

强烈的午后阳光，在云上，在树上，在草上，在每个山头黑石和黄土上，在一枚爬着的飞动的虫蚁触角和小脚上，在我手足颈肩上，都恰像一双温暖的大手，到处给以同样充满温情的抚摩。但想到这只手却是从亿万里外向所有生命伸来的时候，想象便若消失在天地边际，使我觉得生命在阳光下，已完全失去了旧有意义了。

其时松树顶梢有白云驰逐，正若自然无目的的游戏。阳光返照中，天上云影聚拢复散开，那些大小不等云彩的阴影，便若匆匆忙忙的如奔如赴从那些刚过割期不久的远近田地上一一掠过，引起我一点新的注意。我方从那些灰白色残余禾株间，发现了些银绿色点子。原来十天半月前，庄稼人趁收割时嵌在禾株间的每一粒蚕豆种子，在润湿泥土与暖和阳光中，已普遍从薄而韧的壳层里，解放了生命，茁起了小小芽梗，有些下种较早的，且已变成绿芜一片。小溪上这里那里到处有白色蜉蝣蚊蠓，在阳光下旋成一个柱子，队形忽上忽下，表示对于暂短生命的悦乐。阳光下还有些红黑对照色彩鲜明的瓢虫，各自从枯草间找寻可攀援的白草，本意俨若就只是玩玩，到了尽头时，便常常从草端从容堕下，毫不在意，使人对于这个小小生命所具有的完整性，感到无限惊奇。忽然间，有个细腰大头黑蚂蚁，爬上了我的手背，仿佛有所搜索，随

后便停顿在中指关节间,偏着个头,缓慢舞动两个小小触须,好像带点怀疑神气,向阳光提出询问:

"这是个什么东西?有什么用处?"

我于是试在这个纸上,开始写出我的回答:

"古怪东西名叫手爪,和这个动物的生存发展大有关系。最先它和猴子不同处,就是这东西除攀树走路以外,偶然发现了些别的用途。其次是服从那个名叫脑子的妄想,试作种种活动,把石头敲成武器,用木头摩擦生火,因此这类动物中慢慢的就有了文化和文明,以及代表文化文明的一切事事物物。这一处动物和那一处动物,既生存在气候不同物产不同迷信不同环境中,脑子的妄想以及由于妄想所产生的一切,发展当然就不大一致,到两方面失去平衡时,因此就有了战争。战争的意义,简单一点说来,便是这类动物的手爪,暂时各自返回原始的用途,用它来撕碎身边真实或假想的仇敌,并用若干年来手爪和脑子相结合产生的精巧工具,在一种多少有点疯狂恐怖情绪中,毁灭那个妄想与勤劳的堆积物,以及一部分年青生命。必须重新得到平衡后,这个手爪方有机会重新转用到有意义的方面去。那就是说生命的本来,除战争外有助于人类高尚情操的种种发展。战争的好处,凡是这类动物都异常清楚,我向你可说的也许是另外一件事,是因动物所住区域和皮肤色泽产生的成见,与各种历史上的荒谬迷信,可能会因之而消失,代替来的虽无从完全合理,总希望可能比较合理。正因为战争像是永远去不掉的一种活动,所以这些动物中具妄想天赋也常常被阿谀势力号称'哲人'的,还有对于你们中群的组织,加以特别赞美,认为这个动物的明日,会从你们组织中取法,来作一切法规和社会设计的。关于这一点你也许不会相信。可是凡是属于这个动物的问题,照例有许多事,他们自己也就不会相信!他们的心和手结合为一形成的知识,已能够驾驭物质,征服自然,用来测量在太空中飞转星球的重量和速度,好像都十分有把握,可始终就不大能够处理名为'情感'的这个名词,以及属于这个名词所产生的种种悲剧。大至于人类大规模的屠杀,小至于个人家庭纠纠纷纷,一切'哲人'和这个问题碰头时,理性的光辉都不免失去,乐意转而将它交给'伟人'或'宿命'来处理。这也就是这个动物无可奈何处。到现在为止,我们还缺少一种哲人,有勇气敢将这个问题放到脑子中向深处追究。也有人无章次的梦想,对伟人宿命所能成就的事功怀疑,可惜使用的工具却已太旧,因之名为'诗人',同时还有个更相宜的名称,就是'疯子'。"

那只蚂蚁似乎并未完全相信我的种种胡说,重新在我手指间慢慢爬行,忽若有所悟,又若深怕触犯忌讳,急匆匆的向枯草间奔去,即刻消失了。它的行为使我想起十多年前一个同船上路的大学生,当我把脑子想到的一小部分事情向他道及时,他那种带着谨慎怕事惶恐逃走的神情,正若向我表示:"一个人思索太荒谬不近人情。我是个规矩公民,要的是份可靠工作,有了它我可以养家活口。我的理想只是无事时玩玩牌,说点笑话,买个储蓄奖券。这世界一切都是假的,相信不得,尤其关于人类向上书呆子的理想。我只见到这种理想和那份理想冲突时的纠纷混乱,把我做公民的信仰动摇,把我找出路的计划妨碍。我在大学读过四年书,所得的好结论,就是绝对不做书呆子,也不受任何好书本影响!"快二十年了,这个公民微带嘶哑充满自信的声音,还在我耳际萦回。这个朋友和许多知分定的知识阶级一样,这时节说不定已作了委员、厅长或主任。在世界上也活得好像很尊严,很幸福。一双灰色斑鸠从头上飞过,消失到我身后斜坡上那片高粱林中去了,我于是继续写下去,试来询问我自己:

"我这个手爪,这时节有些什么用处?将来还能够做些什么?是顺水浮船,放乎江潭?是哺糟啜醨,拖拖混混?是打拱作揖,找寻出路?是卜课占卦,遭有涯生?"

自然是无结论可得。一片绿色早把我征服了。我的心这

第三章　在日光下生活

个时节就毫无用处，没有取予，缺少爱憎，失去应有的意义。在阳光变化中，我竟有点怀疑，我比其他绿色生物，究竟是否还有什么不同处。很显明，即有点分别，也不会比那生着桃灰色翅膀，颈臂上围条花带子的斑鸠，与树木区别还来得大。我仿佛触着了生命的本体。在阳光下包围于我身边的绿色，也正可用来象征人生。虽同一是个绿色，却有各种层次。绿与绿的重叠，分量比例略微不同时，便产生各种差异。这片绿色既在阳光下不断流动，因此恰如一个伟大乐曲的章节，在时间交替下进行，比乐律更精微处，是它所产生的效果，并不引起人对于生命的痛苦与悦乐，也不表现出人生的绝望和希望，它有的只是一种境界，在这个境界中，似乎人与自然完全趋于谐和，在谐和中又若还具有一分突出自然的明悟。必须稍次一个等级，才能和音乐所扇起的情绪相邻，再次一个等级，才能和诗歌所传递的感觉相邻。然而这个层次的降落原只是一种比拟，因为阳光转斜时，空气已更加温柔，那片绿原中渐渐染上一层薄薄灰雾，远处山头有由绿色变成黄色的，也有由淡紫色变成深蓝色的。正若一个人从壮年移渡到中年，由中年复转成老年，先是鬓毛微斑，随即满头如雪，生命虽日趋衰老，一时可不曾见出齿牙摇落的日暮景象。其时生命中杂念与妄想，为岁月漂洗而去尽，一种清净纯粹之气，却形于眉

131

宇神情间。人到这个状况下时，自然比诗歌和音乐更见得素朴而完整。

我需要一点欲念，因为欲念若与那个社会限制发生冲突，将使我因此而痛苦。我需要一点狂妄，因为若扩大它的作用，即可使我从这个现实光景中感到孤单。不拘痛苦或孤单，都可将我重新带进这个乱糟糟的人间，让固执的爱与热烈的恨，抽象或具体的交替来折磨我这颗心，于是我会从这个绿色次第与变化中，发现象征生命所表现的种种意志。如何形成一个小小花蕊，创造出一根刺，以及那个凭借草木在微风中摇荡飞扬旅行的银白色茸茸毛种子，成熟时自然轻轻爆裂弹出种子的豆荚，这里那里还无不可发现一切有生为生存与繁殖所具有的不同德性。这种种德性，又无不本源于一种坚强而韧性的试验，在长时期挫折与选择中方能形成。我将大声叫嚷："这不成！这不成！我们人类的意志是个什么形式？在长期试验中有了些什么变化和进展？它存在，究竟在何处？它消失，究竟为什么而消失？一个民族或一种阶级，它的逐渐堕落，是不是纯由宿命，一到某种情形下即无可挽救？会不会只是偶然事实，还可能用一种观念一种态度将它重造？我们是不是还需要些人，将这个民族的自尊心和自信心，用一些新的抽象原则，重建起来？对于自然美的热烈赞颂，对传统世故的极端轻蔑，是否即可从更年青一代见出新的希望？"

不知为什么，我的眼睛却被这个离奇而危险的想象弄得迷蒙潮润了。

我的心，从这个绿荫四合所作成的奇迹中，和斑鸠一样，向绿荫边际飞去，消失在黄昏来临以前一片灰白雾气中，不见了。

……一切生命无不出自绿色，无不取给于绿色，最终亦无不被绿色所困惑。头上一片光明的蔚蓝，若无助于解脱时，试从黑处去搜寻，或者还会有些不同的景象；一点淡绿色的磷光，照及范围极小的区域，一点单纯的人性，在得失哀乐间形成奇异的式样。由于它的复杂或单纯，将证明生命于绿色以外，依然能存在，能发展。

二　黑

同样是强烈阳光中，长大院坪里正晒了一堆堆黑色的高粱，几只白母鸡在旁边啄食。一切寂静，院子一端草垛后的侧屋中，有木工的斧斤削砍声，和低沉人语声，更增加这个乡村大宅的静境。

当我第一次用"城里人"身分，进到这个乡户人家广阔庭院中，站在高粱堆垛间，为迎面长廊承尘梁柱间的繁复眩目金漆彩绘呆住时，引路的马夫，便在院中用他那个为烟草所毁发沙带哑的嗓子嚷叫起来：

"二奶奶，二奶奶，有人来看你房子！"

那几只白母鸡起始带点惊惶神气，奔窜到长廊上去。二奶奶于是从大院左侧断续斧斤声中厢屋走了出来。六十岁左右，一身的穿戴，一切都是三十年前老辈式样，额间玄青缎勒正中镶上一片绿玉，耳边两个玉镶大金环，阔边的袖口和衣襟，脸上手上象征勤劳的色泽和粗线条皱纹，端正的鼻梁，微带忧郁的温和眼神，以及从相貌中即可发现一颗厚道单纯的心，我心想：

"房子好，环境好，更难得的也许还是这个主人，一个本世纪行将消失，前一世纪的正直农民范本。"

我稍微有点担心，即这房子未必有希望来由我处分。可是一分钟后，我就明白这点忧虑为不必要了。

于是照一般习惯，我开始随同这个肩背微偻的老太太，各处慢慢走去。从那个充满繁复雕饰涂金绘彩的长廊，走进靠右的院落。在门廊间小小停顿时，我不由得不带着诚实赞美口气说："老太太，你这房子真好！木材多整齐，工夫多讲究！"

正像这种赞美是必然的，二奶奶便带着客气的微笑，指点第一间空房给我看,一面说:"不好,不好,好哪样!城里好房子多呐多!"

于是我们在雕花槅扇间,在镂空贴金拼嵌福寿字样的过道窗口下,在厅子里,在楼梯边,在一切分量沉重式样古拙朱漆灿然的家具旁,在连接两院低如船厅的长方形客厅中,在宽阔楼梯上,在后楼套房小小窗口那一缕阳光前,在供神木座一堆黝黑放光的铜像左右,到处都停顿了一会儿。这其间,或是二奶奶听我对于这个房子所作的颂扬,或是我听二奶奶对于这个房子种种说明。最后终于从靠右一个院落走出,回到前面大院子中,在那个六方边沿满是浮雕戏文故事的青石水缸旁站定,一面看木工拼合寿材,一面讨论房子问题。

"先生看可好?好就搬来住!楼上、楼下,你要的我就打扫出来。那边院子归我作主,这边归三房,都好商量。可要带朋友来看看?"

"老太太,房子太好了。不用再带我那些朋友看也成。我们这时节就说好。后楼连佛堂算六间,前楼三间,楼下长厅子算两间。全都归我。今天二十五号,下月初我们一定会搬来。老太太你可不能翻悔,又另外答应别人。"

"好啰,好啰,就是那么说,只管来好了。我们不是城里那些租房子的。乡下人心直口直,说一是一,你放心就是。"

走出了这个人家大门,预备上马回到小县城里去看看时,已不见原来那匹马和马夫,门前路坎边,有个乡下公务员模样的中年人,正把一匹小小枣骝马系在那一株高大仙人掌树干上。当真的,一匹马系在一丈五六高的仙人掌树干上。那树上还正开放一簇簇酒杯大黄花!景象自然也是我这个城里人少见的。转过河堤前时,才看到马和马夫共同在那道小河边饮水。

这房子第一回给我的印象,竟简直像做个荒唐的梦。那个寂静的院落,那青石作成的雕花大水缸,那些充满东方人幻想将巧思织在对称图案上的金漆槅扇,那些大小笨重的家具,尤其是后楼那几间小套房,房间小小的,窗口小小的,下午三点左右一缕阳光斜斜从窗口流进,由暗朱色桌面逼回,徘徊在那些或黑或灰庞大的瓶罂间,所形成的那种特别空气,那种稀有情调,说陌生可并不吓怕,虽不吓怕可依然不易习惯,真使人不大相信是一个房间,这房间且宜于普通人住下!可是事实上,再过三五天,这些房间便将有大部分归我随意处分,我和几个朋友,就会用这些房间来作家了!

在马上时,我就试把这些房间一一分配给朋友:作画的宜在楼下那个长厅中,虽比较低矮,可相当宽阔光亮。弄音乐的宜住后楼,虽然光线不足,有的是僻静,人我两不相妨,

第三章 在日光下生活

至于那个特殊情调，对于习音乐的也许还更相宜。前楼那几间单纯光亮房子，自然就归给我了，因为由窗口望出去，远山近树的绿色，对于我的工作当有帮助；早晚由窗口射进来的阳光，对于孩子们健康实真需要。正当我猜想到房东生活时，那个肩背微伛的马夫，像明白我的来意，便插口说：

"先生，可看中那房子？这是我们县里顶好一所大房子。不多不少，一共作了十二年，橡子柱子亏老爹上山一根一根找来！你试留心看看，那些窗格子雕的菜蔬瓜果，蛤蟆和兔子，样子全不同，是一个木匠主事，用他的斧头凿子作成功的！还有那些大门和门闩，扣门锁门定打的大铁老鸹拌，那些承柱子的雕花石鼓，那些搬不出房门的大木床，哪一样不是我们县里第一！往年老当家的在世时，看过房子的人翘起大拇指说：'老爹，呈贡县唯有你这栋房子顶顶好！'老爹就笑起来说：'好哪样，你说得好。'其实老爹累了十二年，造成这栋大房子，最快乐的事，就是人说这句话，他有空儿回答这句话。相貌活像个土地公公，见人就笑。修路搭桥，一生做了多少好事！在老房子住时，看坎上有匹白马，长得好膘头，看了八年，才把地买来。动工一挖，原来是四水缸白银元宝。先生你算算值多少！可是老爹为人脾气怪，房子好了不让小伙子住，说免得耗折福分。房子造好后好些房间都空着，老

风的去处便是我的去处

爹就又在那个房子里找木匠做寿木，自己监工，四个木匠整整做了一年，前后油漆了几十次，阴宅好后，他自己也就死了。新二房大爹接手当家，爱热闹要大家迁进来住，谁知年青小伙子各另有想头，读书的，做事的，有了新媳妇的，都乐意在省上租房子住。到老的讨了个小太太后，和二奶奶合不来，老的自己也就搬回老屋，不再在新房子里住。所以如今就只二奶奶守房子。好大栋房子，拿来收庄稼当仓屋用！省上有人来看房子时，二奶奶高高兴兴带人楼上楼下打圈子，听人说房子好时，一定和那老爹一样，会说'好哪样'。二奶奶人好心好，今年快近七十了。大爹嘤，别的学不到，只把过世老爹没有的古怪脾气接过了手，家里人大小全都合不来。这几天听说二奶奶正请了可乐村的木匠做寿材，两副大四合寿木，要好几千中央票子！老夫老妇在生合不来，死后可还得埋在一个坑里去。……家里如今已不大成。老当家在时，一共有十二个号口，十二个大管事来来去去都坐软兜轿子，不肯骑马。老爹过去后减成三个号口。民国十二年[①]，土匪看中了这房子，来住了几天，挑去了两担首饰银器，十几担现银元宝，十几担烟土。省里队伍来清乡，打走土匪后，说是这房子窝藏

---

① 民国十二年：即1923年。

过土匪，又把剩下的东东西西扫括搬走。这一来一往，家里也就差不多了，如今想发旺，恐怕要看小的一代去了。……先生，你可当真要预备来疏散？房子清爽好住，不会有鬼的！"

从饶舌的马夫口里，无意中得到了许多关于这个房子的历史传说，恰恰补足了我所要知道的一切。

我觉得什么都好，最难得的还是和这个房子有密切关系的老主人，完全贴近土地的素朴的心，素朴的人生观。不提别的，单就将近半个世纪生存于这个单纯背景中所有的哀乐式样，就简直是一个宝藏，一本值得用三百五十页篇幅来写出的动人故事！我心想，这个房子，因为一种新的变动，会有个新的未来，房东主人在这个未来中，将是一个最动人的角色。

一个月后，我看过的一些房间，就已如我所估想的住下了人，此外在其他房间中，也住了些别的人。大房子忽然热闹了起来。四五个灶房都升了火，廊下到处牵上了晒衣裳的绳子，在强烈阳光下，各式各样衣物被单如彩色旗帜飘动。小孩子已发现了几个花钵中的蓓蕾，二奶奶也发现了小孩子在悄悄的掐折花朵，人类机心似乎亦已起始在二奶奶衰老生命和几个天真无邪孩子间，有了些微影响。后楼几个房间和那两个佛堂，更完全景象一新，一种稀有的清洁，一种年青女人代表青春欢乐的空气。佛堂既作了客厅，且作了工作室，因此壁上的大小乐器,以及这些乐器转入手中时伴同年青歌喉所作成的细碎嘈杂,自然无一不使屋主人感到新的变化。

过不久,这个后楼佛堂的客厅中,就有了大学教授和大学生,成为谦虚而随事服务的客人。起始陪同年青女孩子作饭后散步,带了点心食物上后山去野餐,还常常到三里外长松林间去玩赏白鹭群。故事发展虽慢,结束得却突然。有一回,一个女孩赞美白鹭,本意以为这些俊美生物与田野景致相映成趣。一个习社会学的大学教授,却充满男性的勇敢,向女孩子表示,若有支猎枪,就可把松树顶上这些白鹭一只一只打下来。这一来白鹭并未打下,倒把结婚希望打落,于是留下个笑话,仿佛失恋似的走了。大学生呢,读《红楼梦》十分熟习,欢喜背诵点旧诗,可惜几个女孩却不大欣赏这种多情才调。二奶奶依然每天早晚洗过手后,就到佛堂前来敬香,点燃香,作个揖,在北斗七星灯盏中加些清油,笑笑的走开了。遇到女孩子们在玩乐器时,间或也用手试摸摸那些能发不同音响的筝笛琵琶,好像对于一个陌生孩子的慈爱。也坐下来喝杯茶,听听这些古怪乐器在灵巧手指间发出的新奇声音。这一切虽十分新奇,对于她内部的生命,却并无丝毫影响,对于她日常生活,也无何等影响。

随后楼下年青画家,也留下些传说于几个年青女孩子口

第三章 在日光下生活

中,独自往滇西大雪山下工作去了。住处便换了一对艺术家夫妇,和一个有天才称誉的小女孩子。壁上悬挂了些中画和西画,床前供奉了观音和耶稣,房中常有檀香山洋琵琶弹出的热情歌曲,间或还夹杂点充满中国情调新式家庭的小小拌嘴,正因为这两种生活交互替换,所以二奶奶即或从窗边走过,也决不能想象得出这一家有些什么问题发生。去了一个女仆,又换来一个女仆,这之间自然不可免还有了些小事情,影响到一家人的意识形态。先生为人极谦虚有礼,太太为人极爱美好客,想不到两种好处放在一处反多周章。小女孩在这种家庭空气中,性情发展得也就不大正常,应当知道的不知道,不知道的偏知道。且不明白如何一来,当家的大爹,忽然又起了回家兴趣,回来时就坐在厅子中,一面随地吐痰,一面打鸡骂狗。以为这个家原是他的产业,不许放鸡到处屙屎,妨碍卫生。艺术家夫妇恰好就养了几只鸡,这些扁毛畜生可不大能体会大爹脾气,也不大讲究卫生,因之主客之间不免冲突起来。于是有一个时节,这个院子便可听到很热烈的辩论争吵声。大爹一面吵骂不许鸡随便屙屎,一面依然把黄痰向天井各处远远唾去,那些鸡就不分彼此的来竞争啄食。后楼客厅中,间或又来了个全国闻名的客人,为人有道德,能文章,写的作品,温暖美好的文字,装饰的情感,无不可放在第一流作家中间。

更难得的是未结婚前，决不在文章中或生活上涉及恋爱问题，结了婚后推己及人，却极乐意在婚姻上成人之美。家中有个极好的柔软床铺，常常借给新婚夫妇使用。这个知名客人来了又走了，二奶奶还给人介绍认识过。这些目前或俗或雅或美或不美的事件，对她可毫无影响。依然每早上打扫打扫院子，推推磨石，扛个小小鸦嘴锄下田，晚饭时便坐在屋侧檐下石臼边，听乡下人说说本地米粮时事新闻。

随后是军队来了，楼下大厅正房作了团长的办公室和寝室，房中装了电话，门前有了卫兵，全房子都被兵士打扫得干干净净。屋前林子里且停了近百辆灰绿色军用机器脚踏车，村子里屋角墙边，到处有装甲炮车搁下。这些部队不久且即开拨进了缅甸，再不久，就有了失利消息传来，且知道那几个高级长官，大都死亡了。住在这个房子里的华侨中学的中学生，因随军入缅，也有好些死亡了。住在楼下某个人家，带了三个孩子返广西，半路上翻车，两个孩子摔死的消息也来了。二奶奶虽照例分享了同住人得到这些不幸消息时一点惊异与惋惜，且为此变化谈起这个那个，提出些近于琐事的回忆，可是还依然在原来平静中送走每一个日子。

美术家夫妇走后，楼下厅子换了个商人，在滇缅公路上往返发了点小财。每个月得吃几千块纸烟的太太，业已生育了四个孩子，到生育第五个时，因失血过多，便在医院死去了。住在隔院一个卸任县长，家中四岁大女孩，又因积食死去。住在外院侧屋一个卖陶器的，不甘寂寞，在公路上行凶抢劫，业已经捉去处决。三份死亡影响到这个大院子：商人想要赶快续婚，带了一群孤雏搬走了。卸任县长事母极孝，恐老太太思念殇女成病，也迁走了。卖陶器的剩下的寡妇幼儿，在一种无从设想的情形下，抛弃了那几担破破烂烂的瓶罐，忽然也离开了。于是房子又换了一批新的寄居者，一个后方勤务部的办事处，和一些家属。过不到一月，办事处即迁走，留下那些家眷不动。几乎像是演戏一样，这些家眷中，就听到了有新作孤儿寡妇的，原来保山局势紧张时，有些守仓库的匆促中毁去汽油不少，一到追究责任时，黠诈的见机逃亡，忠厚的就不免受军事处分。这些孤儿寡妇过不久自然又走了，向不可知一个地方过日子去了。

习音乐的一群年青孩子，随同机关迁过四川去了。

后来又迁来一群监修飞机场的工程师，几位太太，一群孩子，一种新的空气亦随之而来。卖陶器的住处换了一家卖糖的，用修飞机场工人作对象，从外县赶来做生意。到由于人类妄想与智慧结合所产生的那些飞机发动机怒吼声，二十三十日夜在这个房子上空响着时，卖糖的却已发了一笔小财，回转家乡买田开杂货铺去了。年前霍乱的流行,一个村子一个村子的乡民,老少死亡相继。山上成熟的桃李,听它在树上地上腐烂,也不许在县中出卖。一个从四川开来的补充团,碰巧恰到这个地方,在极凄惨情形中死去了一大半,多浅葬在公路两旁,翘起的瘦脚露出土外,常常不免将行路人绊倒。一些人的生命,虽若受一种来自时代的大力所转动,无从自主。然而这大院子中,却又迁来一个寄居者,一个从爱情得失中产生灵感的诗人,住在那个善于唱歌吹笛的聪敏女孩子原来所住的小房中,想从窗口间一霎微光,或书本中一点偶然留下的花朵微香,以及一个消失在时间后业已多日的微笑影子,返回过去,稳定目前,创造未来。或在绝对孤寂中,用少量精美文字,来排比个人梦的形式与联想的微妙发展。每到小溪边去散步时,必携同我那个五岁大的孩子,用竹箬叶折成小船,装载上一朵野花,一个泛白的螺蚌,一点美丽的希望,并加上出于那个小孩子口中的痴而黠的祝福,让小船顺流而去。虽眼看去不多远,就会被一个树枝绊着,为急流冲翻,或在水流转折所激起的漩涡中消失,诗人却必然眼睛湿蒙蒙的,心中以为这个五寸长的船儿,终会有一天流到两千里外那个女孩子身边。而且那些憔悴的花朵,那点诚实的希望,以及出自孩子口中的天真祝福,会为那个女孩子含笑接受。有时

第三章　在日光下生活

正当落日衔山，天上云影红红紫紫如焚如烧，落日一方的群山黯淡成一片墨蓝，东西远处群山，在落照中光影陆离仪态万千时，这个诗人却充满象征意味，独自去屋后经过风化的一个山冈上，眺望天上云彩的变幻，和两面山色的倏忽。或偶然从山凹石罅间有所发现，必扳着那些摇摇欲坠的石块，努力去攀折那个野生带刺花卉，摘回来交给朋友，好像说："你看，我还是把它弄回来了，多险！"情绪中不自觉的充满成功的满足。诗人所住的小房间，既是那个善于吹笛唱歌女孩子住过的，到一切象征意味的爱情，依然填不满生命的空虚，也耗不尽受抑制的充沛热情时，因之抱一宏愿，将用个五十万言小说，来表现自己，扩大自己。两年来，这个作品居然完成了大部分。有人问及作品如何发表时，诗人便带着不自然的微笑，十分慎重的说："这不忙发表，需要她先看过，许可发表时再想办法。"决不想到作品的发表与否，对于那个女孩子是不能成为如何重要问题的。就因为他还完全不明白他所爱慕的女孩子，几年来正如何生存在另外一个风雨飘摇事实巨浪中。怨爱交缚之际，生命的新生复消失，人我间情感与负气作成的无可奈何环境，所受的压力更如何沉重。这种种不仅为诗人梦想所不及，她自己也还不及料，一切变故都若完全在一种离奇宿命中，对于她加以种种试验。这个试验到最近，且更加离奇,使之对于生命的存在与发展,幸或不幸,都若不是个人能有所取舍。为希望从这个梦魇似的人生中逃出,得到稍稍休息,过不久或且居然又会回到这个梦魇初起处的旧居来。然而这方面,人虽若有机会回到这个唱歌吹笛的小楼上来,另一方面,诗人的小小箬叶船儿,却把他的欢欣的梦,和孤独的忧愁,载向想象所及的一方,一直向前,终于消失在过去时间里。淡了,远了,即或可以从星光虹影中回来,也早把方向迷失了。新的现实还可能有多少新的哀乐,当事者或旁观者对之都全无所知。当有人告给二奶奶,说三年前在后楼住的最活泼的一位小姐,要回到这个房子来住住时,二奶奶快乐异常的说:"那很好。住久了,和自己家里人一样,大家相安。×小姐人好心好,住在这里我们都欢喜她!"正若一个管理码头的,听说某一只船儿从海外归来神气一样自然,全不曾想到这只美丽小船三年来在海上连天巨浪中挣扎,是种什么经验。为得来这个经验,又如何弄得帆碎橹折,如今的小小休息,还是行将准备向另外一个更不可知的陌生航线驶去!

……日月运行,毫无休息,生命流转,似异实同。惟人生另有其庄严处,即因贤愚不等,取舍异趣,入渊升天,半由习染,半出偶然;所以兰桂未必齐芳,萧艾转易敷荣。动者常动,便若下坡转丸,无从自休。多得多患,多思多虑,有时无从用"劳我以生"自解,便觉"得天独全"可羡。静者常静,虽不为人生琐细所激发,无失亦无得,然而"其生若浮,其死则休",虽近生命本来,单调又终若不可忍受。因之人生转趋复杂,彼此相慕,彼此相妒,彼此相争,彼此相学,相差相左,随事而生。凡此一切,智者得之,则生知识,仁者得之,则生悲悯,愚而好自用者得之,必又另有所成就。不信宿命的,固可从生命变易可惊异处,增加一分得失哀乐,正若对于明日犹可望凭知识或理性,将这个世界近于传奇部分去掉,人生便日趋于合理。信仰宿命的,又一反此种人能胜天的见解,正若认为"思索"非人性本来,倦人而且恼人,明日事不若付之偶然,生命亦比较从容自由,不信一切惟将生命贴近土地,与自然相邻,亦如自然一部分的,生命单纯庄严处,有时竟不可仿佛。至于相信一切的,到末了却将俨若得到一切,惟必然失去了用为认识一切的那个自己。

三 灰

在一堆具体的事实和无数抽象的法则上,我不免有点茫然自失,有点疲倦,有点不知如何是好。打量重新用我的手和想象,攀援住一种现象,即或属于过去业已消逝的,属于过去即未真实存在的……必须得到它方能稳定自己。

我似乎适从一个辽远的长途归来,带着一点混和在疲倦中的淡淡悲伤,站在这个绿荫四合的草地上,向淡绿与浓赭相交错成的原野,原野尽头那个淡黄色村落,伸出手去。

"给我一点点好的音乐,巴哈①或莫札克②,只要给我一点点,就已够了。我要休息在这个乐曲作成的情境中,不过一会儿,再让它带回到人间来,到都市或村落,钻入官吏颟顸贪得的灵魂里,中年知识阶级倦于思索怯于怀疑的灵魂里,年青男女青春热情被腐败势力虚伪观念所阉割后的灵魂里,来寻觅,来探索,来从这个那个剪取可望重新生长好种芽,即或他是有毒的,更能增加组织上的糜烂,可能使一种善良的本性发展有妨碍的,我依然要得到它,设法好好使用它。"

当我发现我所能得到的,只是一种思索继续思索,以及将这个无尽长链环绕自己,束缚自己时,我不能不回到二奶奶给我寄居五年那个家里了。这个房子去我当前所在地,真正的距离,原来还不到两百步远近。

大院中犹如五年前第一回看房子光景,晒了一地黑色高

---

① 巴哈:今译作"巴赫",巴洛克时期德国作曲家。
② 莫札克:今译作"莫扎特",古典主义时期奥地利作曲家。

第三章　在日光下生活

梁，二奶奶和另外三个女工，正站成一排，用木连枷击打地面高粱，且从均匀节奏中缓缓的移动脚步，让连枷各处可打到。三个女工都头裹白帕，使得我记起五年前那几只从容自在啄食高粱的白母鸡。年青女工中有一位好像十分面善，可想不起这个乡下妇人会引起我注意的原因，直到听二奶奶叫那女工说：

"小菊，小菊，你看看饭去，你让沈先生来试试，会不会打。"

我才知道这是小菊，我一面拿起握手处还温暖的连枷，一面想起小菊的问题，竟始终不能合拍，使得二奶奶和女工都笑将起来，真应了先前一时向蚂蚁表示的意见，这个手爪的用处，已离开自然对于五个指头的设计甚远，完全不中用了。可是令我分心的，还是那个身材瘦小说话声哑的农家妇人小菊。原来去年当收成时，小菊正在发疯。她的妈是个寡妇，住在离城十里的一个村子中，小小房子被一把天火烧了，事后除从灰里找出几把烧得失形的农具和镰刀，已一无所有。于是趁收割季带了两个女孩子，到龙街子来找工作。大女孩七岁，小女孩两岁，向二奶奶说好借住在大院子装谷壳的侧屋中，有什么吃什么，无工可做母女就去田里收拾残穗和土豆，一面用它充饥，一面且储蓄起来，预备过冬。小菊是大女儿，

149

已出嫁过三年。丈夫出去当兵打仗,三年不来信,那人家想把她再嫁给一个人,收回一笔财礼。小菊并不识字,只因为想起两句故事上的话语,"好马不配双鞍,烈女不嫁二夫",为这个做人的抽象原则所困住,怕丢脸,不愿意再嫁,待赶回家去和她妈商量,才知道房子已烧去,许久又才找到二奶奶家里来。一看两个妹妹都嚼生高粱当饭吃,帮人无人要,因此就疯了。疯后整天大唱大嚷各处走去,乡下小孩子摘下仙人掌追着她打闹,她倒像十分快乐。过一阵,生命力和积压在心中的委屈耗去了后,人安静了些,晚上就坐在二奶奶大门前,向人说自己的故事。到了夜里才偷悄悄进到二奶奶家装糠壳的屋子里睡睡。这事有一天无意中被另一房东骨都嘴嫂子发现了,就说:"嗐,嗐,这还了得!疯子要放火烧房子,什么人敢保险!"半夜里把小菊赶了出去,听她在空地里过夜。并说:"疯子冷冷就会好。"房子既是几房合有的,二奶奶不能自作主张,却只好悄悄的送些东西给小菊的妈,过了冬天,这一家人扛了两口袋杂粮,携儿带女走到不知何处去了。大家对于小菊也就渐渐忘记了。

我回到房中时,才知道小菊原来已在一个地方做工,这回是特意来看看二奶奶,还带了些栗子送礼。因为母女去年在这里时,我们常送她饭吃,也送我们一些栗子,表示谢意。真

第三章 在日光下生活

应了平常一句俗语:"礼轻仁义重。"

到我家来吃晚饭的一个青年朋友,正和孩子们充满兴趣用小刀小锯作小木车,重新引起我对于自己这双手感到使用方式的怀疑。吃过饭后,朋友说起他的织袜厂最近所遭遇的困难,因原料缺少,无从和出纱方面接头,得不到救济,不能不停工。完全停工会影响到一百三十多个乡下妇人的生计,因此又勉强让部分工作继续下去。照袜厂发展说来,三千块钱作起,四年来已扩大到一百多万。这个小小事业且供给了一百多乡村妇女一种工作机会,每月可得到千元左右收入。照这个朋友计划说来,不仅已让这些乡下女人无用的手变为有用,且希望那个无用的心变为有用,因此一天到处为这个事业奔走,晚上还亲自来教这些女工认字读书。凡所触及的问题,都若无可如何,换取原料既无从直接着手,教育这些乡村女子,想她们慢慢的,在能好好的用她们的手以后还能好好的用她们的心,更将是个如何麻烦无望的课题!然而朋友对于工作的信心和热诚,竟若毫无困难不可克服。而且那种精力饱满对事乐观的态度,使我隐约看出另一代的希望,将可望如何重建起来,一颗素朴简单的心,如二奶奶本来所具有的;如何加以改造,即可成为一颗同样素朴简单的心,如这个朋友当前所表现的。当这个改造底幻想无章次的从我脑中掠过时,朋友走了，赶回厂中教那些女工夜课去了。

　　孩子们平时晚间欢喜我说一切荒唐故事，故事中一个年青正直的好人，如何从星光接来一个火，又如何被另外一种不义的贪欲所作成的风吹熄，使得这个正直的人想把正直的心送给他的爱人时，竟迷路失足跌到脏水池淹死，这类故事就常常把孩子们光光的眼睛挤出同情的热泪。今夜里却把那年青朋友和他们共同作成的木车子，玩得非常专心，既不想听故事，也不愿上床睡觉。我不仅发现了孩子们的将来，也仿佛看出了这个国家的将来。传奇故事在年青生命中已行将失去意义，代替而来的必然是完全实际的事业，这种实际不仅能缚住他们的幻想，还可能引起他们分外的神往倾心！

　　大院子里连枷声，还在继续拍打地面。月光薄薄的，淡云微月中一切犹如江南四月光景。我离开了家中人，出了大门，走向白天到的那个地方去找寻一样东西。我想明白那个蚂蚁是否还在草间奔走。我当真那么想，因为只要在草地上有一匹蚂蚁被我发现，就会从这个小小生物活动上，追究起另外一个题目。不仅蚂蚁不曾发现，即白日里那片奇异绿色，在美丽而温柔的月光下也完全失去了。目光所及到处是一片珠母色银灰。这个灰色且把远近土地的界限，和草木色泽的等级，全失去了意义。只从远处闪烁摇曳微光中，知道那个处所有村落。

站了一会儿，我不免恐怖起来。因为这个灰色正像一个人生命的形式。一个人使用他的手有所写作时，从文字中所表现的形式。"这个人是谁？是死去的还是生存的？是你还是我？"从远处缓慢舂米声中，听出相似口气的质问。我应当试作回答，可不知如何回答，因之一直向家中逃去。

二奶奶见个黑影子猛然窜进大门时，停下了她的工作。

"疯子，可是你？"

我说："是我！"

二奶奶笑了："沈先生，是你！我还以为是小菊，正经事不做，来吓人。"

从二奶奶话语中，我好像方重新发现那个在绿色黑色和灰色中失去了的我。

上楼见主妇时，问我到什么地方去了那么久。

"你是说刚才，还是说从白天起始？我从外边回来，二奶奶以为我是小菊疯子，说我一天正经事不做，只吓人。知道是我，她笑了，大家都笑了。她倒并没有说错。你看我一天做了些什么正经事，和小菊有什么不同。不过我从不吓人，只欢喜吓吓我自己罢了。"

主妇完全不明白我所说的意义，只是莞尔而笑。然而这个笑又像平时是了解与宽容，亲切和同情的象征，这时对我却成为一种排斥的力量，陷我到完全孤立无助情境中。在我面前的是一颗稀有素朴善良的心。十年来从我性情上的必然，所加于她的各种挫折，任何情形下，还都不曾将她那个出自内心代表真诚的微笑夺去。生命的健全与完整，不仅表现于对人性情对事责任感上，且同时表现于体力精力饱满与兴趣活泼上。岁月加于她的限制，竟若毫无作用。家事孩子们的麻烦，反而更激起她的温柔母性的扩大。温习到她这些得天独厚长处时，我竟真像是有点不平，所以又说：

"我需要一点音乐，来洗洗我这个脑子，也休息休息它。普通人用脚走路，我用的是脑子。我觉得很累。音乐不仅能恢复我的精力，还可缚住我的幻想，比家庭中的你和孩子重要！"这还是我今天第一回真正把音乐对于我的意义说出口，末后一句话且故意加重一些语气。

主妇依然微笑，意思正像说："这个怎么能激起我的妒嫉？别人用美丽辞藻征服读者和听众，你照例先用这个征服自己，为想象弄得自己十分软弱，或过分倔强。全不必要！你比两个孩子的心实在还幼稚，因为你说出了从星光中取火的故事，便自己去试验它。说不定还自觉如故事中人一样，在得到了火以后，又陷溺到另一个想象的泥泞中，无从挣扎，终于死了。在习惯方式中吓你自己，为故事中悲剧而感动万分！

第三章　在日光下生活

不仅扮作想象中的君子，还扮作想象成的恶棍。结果什么都不成，当然会觉得很累！这种观念飞跃纵不是天生的毛病，从整个发展看也几几乎近于天生的。弱点同时也就是长处。这时节你觉得吓怕，更多时候很显然你是少不了它的！"

我如一个离奇星云被一个新数学家从什么第五度空间公式所捉住一样，简直完全输给主妇了。

从她的微笑中，从当前孩子们浓厚游戏心情所作成的家庭温暖空气中，我于是逐渐由一组抽象观念变成一个具体的人。"音乐对于我的效果，或者正是不让我的心在生活上凝固，却容许在一组声音上，保留我被捉住以前的自由！"我不敢继续想下去，因为我想象已近乎一个疯子所有。我也笑了。两种笑融解于灯光下时，我的梦已醒了。我做了个新黄粱梦。

三十五年[①]三月二十六改校

选自《现代文录》，北平新文化出版社一九四六年十二月版

---

① 三十五年：即1946年。

白魇

为了工作，我需要清静与单独，因此长住在乡下，不知不觉就过了五年。

乡下居住日子一久，和社会场面似都隔绝了，一家便在极端简单生活中，送走连续而来的每个日子。简单生活中可似乎还另外有种并不十分简单的人事关系存在，即从一切书本中，接近两千年来人类为求发展争生存种种哀乐得失。他们的理想与愿望，如何受事实束缚挫折，再从束缚挫折中突出，转而成为有生命的文字，这个艰苦困难过程，也仿佛可以接触。其次就是从通信上，还可和另外环境背景中的熟人谈谈过去，和陌生朋友谈谈未来。当前的生活，一与过去未来连接时，生命便若重新获得一种意义。再其次即从少数过往客人中，见出这些本性善良欲望贴近地面可爱人物的灵魂，被生活压力所及，影响到义利取舍时是个什么样子，同样对于人性若有会于心。

这时节，我面前桌上正放了一堆待复的信件，和几包刚从邮局取回的书籍。信件中提到的，总不外战争所带来的亲友死亡消息，或初入社会年青朋友与现实生活迎面时，对于社会所感到的灰心绝望，以及人近中年，从诚实工作上接受寂寞报酬，一面忍受这种寂寞，一面总不免有点郁郁不平。从这通信上，我俨然便看到当前社会一个断面，明白这个民族在如何痛苦中，接受时代所加于他们身上的严酷试验，社会动力既决定于感情与意志，新的信仰且如何在逐渐生长中。倒下去的生命已无可补救。我得从复信中给活下的他们一点点光明希望，也从复信中认识认识自己。

二十六岁的小表弟黄育照，任新六军一八九师通信连连长，在华容为掩护部属抢渡，救了他人救不了自己，阵亡了。同时阵亡的还有个表弟聂清。为写文章讨经验，随同部队转战各处已六年。

"……人既死了，为做人责任和理想而死，活下去的徒然悲痛，实在无多意义。既然是战争，就不免有死亡！死去的万千年青人，谁不对国家前途或个人事业，有种光明希望和美丽的梦？可是在接受分定上，希望和梦总不可能不在同样情况中破灭。或死于敌人无情炮火，或死于国家组织上的弱点，二而一，同样完事。这个国家，因为前一辈不振作，自私而贪得，愚昧而残忍，使我们这一代为历史担负那么一个沉重担子，活时如此卑屈而痛苦，死时如此胡涂而悲惨。更年青一辈，可有权利向我们要求，活得应当像个人样子！我们努力来让他们活得比较公正合理些，幸福尊贵些，不是不可能的！"

一个朋友离开了学校将近五年，想重新回学校来，被传说中的昆明生活愣住了。因此回信告他一点情况。

"……这是一个古怪地方，天时地利人和条件具备，然而乡村本来的素朴单纯，与城市习气作成的贪污复杂，却产生一个强烈鲜明对照，使人痛苦。湖山如此美丽，人事上却常贫富悬殊到不可想象程度。小小山城中，到处是钞票在膨胀，在活动，大多数人的做人兴趣，即维持在这个钞票数量争夺过程中。钞票越来越多，因之一切责任上的尊严，与做人良心的标尺，都若被压扁扭曲，慢慢失去应有的完整。正当公务员过日子都不大容易对付，普通绅商宴客，却时常有熊掌、鱼翅、鹿筋、象鼻子点缀席面。奇特现象中最不可解处，即社会习气且培养到这个民族堕落现象的扩大。大家都好像明白战时战后决定这个民族百年荣枯命运的，主要的还是学识，教育部照例将会考优秀学生保送来这里升学。有钱人子弟想入这个学校肄业,恐考试不中,且有乐意出几万元代价找替考人的。可是公私各方面,就似乎从不曾想到这些教书十年二十年的书呆子,过的是种什么紧张日子。本地小学教员照米价折算工薪,水涨船高。大学校长收入在四千左右,大学教授收入在三千法币上盘旋,完全近于玩戏法的,要一条蛇从一根绳子上爬过。战争如果是个广义形容词,大多数同事,就可说是在和这种风气习惯而战争!情形虽已够艰苦,实际并不气馁!日光多,自由多,在日光之下能自由思索,培养对于当前社会制度怀疑和否定的种子,这是支持我们情绪唯一的撑柱,也是重造这个民族品德的一点转机!"

…………

这种信照例是写不完的,乡下虽清静无从长远清静,客人来了,主妇温和诚朴的微笑,在任何情形中从未失去。微笑中不仅表示对于生活的乐观,且可给客人发现一种纯挚同情,对人对事无机心的同情。使得间或从家庭中小小拌嘴过来的女客人,更容易当成一个知己,以倾吐腹心为快。这一来,我的工作自然停顿了。

凑巧来的是胖胖的×太太,善于用演戏时兴奋情感说话,叙述琐事能委曲尽致,表现自己有时又若故意居于不利地位,

增加一点比本人年龄略小二十岁的爱娇。女孩儿家喉咙响,声音分外大,一上楼时就嚷:

"××先生,我又来了。一来总见你坐在桌子边,工作好忙!我们谈话一定吵闹了你,是不是?我坐坐就走!真不好意思,一来就妨碍你,你可想要出去作文章?太阳好,晒晒太阳也有好处,有人说,晒晒太阳灵感会来,让我晒太阳,就只会出油出汗!"

我不免稍微有点受窘,忙用笑话自救:"若想找灵感,依我想,最好倒是听你们谈谈天,一定有许多动人故事可听!"

"××先生,你说笑话。你在文章中可别骂我,千万别把我写到你那大作中!他们说我是座活动广播电台,长短波都有,其实——唉,我不过是……"

我赶忙补充:"一个心直口快的好人罢了。你若不疑心我是骂人,我常觉得你实在有天才,真正的天才,观察事情极仔细,描画人物兴趣又特别好。"

"这不是骂我是什么!"

我心想,不成不成,这不是议会和讲堂,决非口舌奋斗可以找出结论。因此忽略了一个作主人的应有礼貌,在主妇微笑示意中,离开了家,离开了客人,来到半月前发现"绿魇"的枯草地上了。

第三章 在日光下生活

我重新得到了清静与单独。

我面前是个小小四方朱红茶几，茶几上有个好像必须写点什么的本子。强烈阳光照在我身上和手上，照在草地上和那个小小的本子上。阳光下空气十分暖和，间或吹来一阵微风，空气中便可感觉到一点从滇池送来冰凉的水气和一点枯草香气。四围景象和半月前已大不相同：小坡上那一片发黑垂头的高粱，大约早带到人家屋檐下，象征财富之一部分去了。待翻耕的土地上，有几只呆呆的戴胜鸟已失去春天的活泼，正在寻觅虫蚁吃食。那个石榴树园，小小蜡黄色透明叶片，早已完全落尽，只剩下一簇簇银色带刺细枝，点缀在长满萝卜秧子一片新绿中。河堤前那个连接滇池大田原，极目绿芜照眼，再分辨不出被犁头划过的纵横赭色条纹。河堤上那些成行列的松柏，也若在三五回严霜中，失去了固有的俊美，见出一点萧瑟。在暖和明朗阳光下结队旋飞的蜉蝣，更早已不知死到何处去了。

我于是从面前这一片枯草地上试来仔细搜寻，看看是不是还可发现那些绿色斑驳金光灿烂的小小甲虫，依然能在阳光下保留本来的从容闲适，带着自得其乐的轻快神情，于草梗间无目的的漫游，并充满游戏心情，从弯垂草梗尖端突然下堕？结果完全失望。一片泛白的枯草间，即那个半月前爬上

161

风的去处便是我的去处

我手背若有所询问的小小黑蚂蚁，也不知归宿到何处去了。

阳光依旧如一只温暖的大手，从亿千万里外向一切生命伸来，除却我和面前土地接受这种同情时还感到一点反应，其余生命都若在"大块息我以死"态度中，各在人类思索边际以外结束休息了。枯草间有着放光细劲枝梗带着长穗的狗尾草类植物，种子散尽后，尚依旧在微风中轻轻摇头，在阳光下表示生命虽已完结，责任犹未完结神气。

天还是那么蓝，深沉而安静，有灰白的云彩从树林尽头慢慢涌起，如有所企图的填去了那个明蓝的苍穹一角。随即又被一种不可知的力量所抑制，在无可奈何情形下，转而成为无目的的驰逐。驰逐复驰逐，终于又重新消失在蓝与灰相融合作成的珠母色天际。

大院子同住的人，只有逃避空袭方来到这个空地上。我要逃避的，却是地面上一种永远带点突如其来的袭击。我虽是个写故事的人，照例不会拒绝一切与人性有关的见闻。可是从性情可爱的客人方面所表现的故事，居多都像太真实了一点，待要把它写到纸上时，反而近于虚幻想象了。

另一时，正当我们和朋友商量到一个严重问题时，一位爱美而热忱，长于用本人生活抒情的×太太，突然侵入我的记忆中。

第三章 在日光下生活

"××先生（向另外一位陌生客人说），你多大年纪了？我从四川回来，人都说我老了，不像从前那么一切合标准了（抚抚丰腴的脸颊）。我真老了。我要和我老周离婚，让他去和年青的女人恋爱，我不管。我喝咖啡多了睡不好觉，我失眠（用银匙子搅和咖啡）。这墙壁上的字真好，写得多软和，真是龙飞凤舞（用手胡乱画那些不大容易认识的草字）。人老了真无意思，我要走了。明早又还得进城，……真气人。"周太太话一说完，当真就走了。只留下一个飓风已过的气氛在一群朋友间，虽并不见毁屋拔木，可把人弄得胡胡涂涂。这种人为的飓风去后许久，主客之间还不免带点剩余惊悸，都猜想：也许明天当真会有什么重大变故要发生了，离婚，服毒，……结果还亏主妇用微笑打破了这种沉闷。

"周太太为人心直口快，有什么说什么。只因为太爱好，凡事不能尽如人意，琐屑家务更多烦心，所以总欢喜向朋友说到家庭问题。其实刚才说起的事，不仅你们不明白，过会儿她自己也就忘记了。我猜想，明天进城一定是去吃酒，不是离婚的！"大家才觉得这事原可以笑笑，把空气改变过来。

温习到这个骤然而来的可爱风暴时，我的心便若已失去了原有的谧静。

我因此想起许多事情，如彼或如此，都若在人生中十分真实,且各有它存在的道理,巴尔扎克或契诃夫,笔下都不会轻轻放过。可是这些事在我脑子中,却只作成一种混乱印象,像是用一份失去了时效的颜色,胡乱涂成的漫画,这漫画尽管异常逼真,但实在不大美观。这是个什么?我们做人的兴趣或理想,难道都必然得奠基于这种人事猥琐粗俗现象上,且分享活在这种事实中的小小人物悲欢得失,方能称为活人?一面想起这个眼前身边无剪裁的人生,一面想起另外一些人所抱的崇高理想,以及理想在事实中遭遇的限制,挫折,毁灭,不免痛苦起来。我还得逃避,逃避到一种音乐中,方可突出这个无章次人事印象的困惑。

我耳边有发动机在空中搏击空气的声响。这不是一种简单音乐。单纯调子中,实包含有千年来诗人的热情幻想,与现代技术的准确冷静,再加上战争残忍情感相糅合的复杂矛盾。这点诗人美丽的情绪,与一堆数学上的公式,三五十种新的合金,以及一点儿现代战争所争持的民族尊严感,方共同作成这个现象。这个古怪拼合物,目前原在一万公尺以上高空中自由活动,寻觅另外一处飞来的同样古怪拼合物,一到发现时,三分钟内的接触,其中之一就必然变成一团火焰向下飘堕。这世界各处美丽天空下,每一分钟内就差不多都有那种火焰一朵朵往下堕。我就还有好些小朋友,在那个高空中,预备使敌人从火焰中下堕,或自己挟带着火焰下堕。

当高空飞机发现敌机以前,我因为这个发现,我的心,便好像被一粒子弹击中,从虚空倏然堕下,重新陷溺到一个更复杂人事景象中,完全失去方向了。

忽然耳边发动机声音重浊起来,抬起头时,便可从明亮蓝空间,看见一个银白放光点子慢慢的变成了个小小银白十字架。再过不久,我坐的地方,面前朱红茶几,茶几上那个用来写点什么的小本子,有一片飞机翅膀作成的阴影掠过,阳光消失了。面前那个种有油菜的田圃,也暂时失去了原有的嫩绿。待阳光重新照临到纸上时,在那上面我写了两个字,"白魇"。

一九四四年昆明写,一九四七年北平改

原载于一九四七年八月十六日《知识与生活》第九期

黑魇

昆明市空袭威胁，因同盟国飞机数量逐渐增多后，空战由防御转为进攻，城中空袭俨然成为过去一种噩梦，大家已不甚在意。两年前被炸被焚的瓦砾堆上，大多数有壮大美观的建筑矗起。疏散乡下的市民，于是陆续离开了静寂的乡村，重新变作"城里人"。当进城风气影响到我住的滇池边那个小乡村时，家中会诅咒猫儿打喷嚏的张嫂，正受了梁山伯恋爱故事刺激，情绪不大稳定，就借故说：

"太太，大家都搬进城里住去了，我们怎么不搬？城里电灯方便，自来水方便，先生上课方便，小弟读书方便。还有你，太太，要教书更方便！我看你一天来回五龙埠跑十几里路，心都疼了。"

主妇不作声，只笑笑。这种建议自然不会成为事实，因为我们实在还无做城里人资格。真正需要方便的是张嫂。

过了两个月,张嫂变更了个谈话方式。

"太太,我想进城去看看我大姑妈,一个全头全尾的好人,心真好!总不说谎,除非万不得已,不赌咒!

"五年不见面,托人带了信来,想得我害病!我陪她去住住,两个月就回来,我舍不得太太和小弟,一定会回来的!你借我一个月薪水,我发誓……小弟真好!"

平时既只对于梁山伯婚事关心,从不提起过这位大姑妈。不过叙述到另外一个女用人进城后,如何嫁了个穿黑洋服的"上海人",直充满羡慕神气。我们如看什么象征派新诗一样,有了个长长的注解,好坏虽不大懂,内容已全然明白。昆明穿洋服的文明人可真多,我们不好意思不让她试试机会,自然一切同意。于是不多久,张嫂就换上那件灰线呢短袖旗袍,半高跟旧皮鞋,带上那个生锈的洋金手表,脸上敷了好些白粉,打扮得香喷喷的,兴奋而快乐,骑马进城看她的抽象姑妈去了。

我依然在乡下不动,若房东好意无变化,即住到战争结束亦未可知。温和阳光与清爽空气,对于孩子们健康既有好处,寄居了将近×年,两个相连接的雕花绘彩大院落,院落中的人事新陈代谢,也使我觉得在乡村中住下来,比城里还有意义。户外看长脚蜘蛛于仙人掌篱笆间往来结网，捕捉蝇蛾，辛苦经营，不惮烦劳，还装饰那个彩色斑驳的身体，吸引异性，可见出简单生命求生的庄严与巧慧。回到住处时，看看几个乡下妇人，在石臼边为唱本故事上的姻缘不偶，从眼眶中浸出诚实热泪，又如何用发誓诅愿方式，解脱自己小小过失，并随时说点谎话，增加他人对于一己信托与尊重，更可悟出人类生命取予形式的多方。我事实上也在学习一切，不过和别人所学的大不相同罢了。

在腹大头小的一群官商合作争夺钞票局面中，物价既越来越高，学校一点收入，照例不敷日用。我还不大考虑到"兼职兼差"问题，主妇也不会和乡下人打交道作"聚草屯粮"计划。为节约计，用人走后大小杂务都自己动手。磨刀扛物是我二十年老本行，作来自然方便容易。烧饭洗衣就归主妇，这类工作通常还与校课衔接。遇挑水拾树叶，即动员全家人丁，九岁大的龙龙，六岁大的虎虎，一律参加。来去传递，竞争奔赴，一面工作一面也就训练孩子，使他们从合作服务中得到劳动愉快和做人尊严。干的湿的有什么吃什么，没有时包谷红薯也当饭吃，有时尽量，有时又听小的饱吃，大人稍稍节制。孩子们欢笑歌呼，于家庭中带来无限生机与活力。主妇的身心既健康而朴素，接受生活应付生活俱见出无比的勇气和耐心，尤其是共同对于生命有个新态度，日子过下去虽困难，即便过三五年似乎也担当得住。一般人要生活，从普通比较见优劣，或多有件新衣和双鞋子，照例即可感到幸福。日子稍微窘迫，或发现有些方面不如人，设法从社交方式弥补，依然还不大济事时，因之许多高尚脑子，到某一时自不免又会悄悄的作些不大高尚的打算。许多人的聪明智巧，倒常常表现成为可笑行为。环境中的种种见闻，恰作成我们另外一种教育，既不重视也并不轻视。正好让我们明白，同样是人生，可相当复杂，具体的猥琐与抽象的庄严，它的分歧虽极明显，实同源于求生，各自想从生活中证实存在意义。生命受物欲控制，或随理想发展，只因取舍有异，结果自不相同。

我凑巧拣了那么一个古怪职业，照近二十年社会习惯称为"作家"。工作对社会国家也若有些微作用，社会国家对本人可并无多大作用。虽早已名为"职业"，然无从靠它"生活"。情形最古怪处，便是这个工作虽不与生活发生关系，却缚住了我的生命，且将终其一生，无从改弦易辙。另一方面必然迫得我超越通常个人爱憎，充满兴趣鼓足勇气去明白"人"，理解"事"，分析人事中那个常与变，偶然与凑巧，相左或相仇，将种种情形所产生的哀乐得失式样，用它来教育我，折磨我，营养我，方能继续工作。

千载前的高士，常抱着个单纯信念，因天下事不屑为而避世，或弹琴赋诗，或披裘负薪，隐居山林，自得其乐。虽说不以得失荣利婴心，却依然保留一种愿望，即天下有道，由高士转而为朝士的愿望。作当前的候补高士，可完全活在一个不同心情状态中。生活简单而平凡，在家事中尽手足勤劳之力打点小杂，义务尽过后，就带了些纸和书籍，到有和风与阳光的草地上，来温习温习人事，并思索思索人生。先从天光云影草木荣枯中，有所会心。随即由大好河山的丰腴与美好，和人事上无章次处两相对照，慢慢的从这个不剪裁的人生中，发现了"堕落"二字真正的意义。又慢慢的从一切书本上，看出那个堕落因子，又慢慢从各阶层间，看出那个堕落传染浸润现象。尤其是读书人倦于思索，怯于怀疑，苟安于现状的种种，加上一点为贤内助谋出路的打算，如何即对武力和权势形成一种阿谀不自重风气。这种失去自己可能为民族带来一种什么形式的奴役，仿佛十分清楚。我于是渐渐失去原来与自然对面时应得的谧静。我想呼喊，可不知向谁呼喊。

"这不成！这不成！人虽是个动物，希望活得幸福，但是人究竟和别的动物不同，还需要活得尊贵！如果当前少数人的幸福，原来完全奠基于一种不义的习惯，这个习惯的继续，不仅使多数人活得卑屈而痛苦，死得胡涂而悲惨，还有更可怕的，是这个现实将使下一代堕落的更加堕落，困难越发困难，我们怎么办？如果真正的多数幸福，实决定于一个民族劳动与知识的结合，就应当从极合理方式中将它的成果重作分配。在这个情形下，民族中一切优秀分子，方可得到更多自由发展的机会。在争取这种幸福过程时，我们希望人先要活得尊贵些！我们当前便需要一种'清洁运动'，必将现在政治的特殊包庇性，和现代文化的驵侩气，以及三五无出息的知识分子所提倡的变相鬼神迷信，于年青生命中所形成的势利、依赖、狡猾、自私诸倾向，完全洗刷干净，恢复了二十岁左右头脑应有的纯正与清朗，认识出这个世界，并在人类驾驭钢铁征服自然才智竞争中，接受这个民族一种新的命运。我们得一切重新起始，重新想，重新做，重新爱和恨，重新信仰和怀疑。……"

我似乎为自己所提出的荒谬问题愣住了。试左右回顾，身边只有一片明朗阳光，飘浮于泛白枯草上。更远一点，在阳光下各种层次的绿色，正若向我包围越来越近。虽然一切生命无不取给于绿色，这里却不见一个人。一个有勇气将社会人生如一副牌摊散在面前，一一重新捡起试来排列一下的人。

到我重新来检讨影响到这个民族正常发展的一切抽象原则，以及目前还在运用它作工具的思想家或统治者，被它所囚缚的知识分子和普通群众时，顷刻间便俨若陷溺到一个无边无际的海洋里，把方向完全迷失了。只到处看出用各式各样材料作成装载"理想"的船舶，数千年来永远于同一方式中，被一种卑鄙自私形成的力量所摧毁，剩下些破帆碎桨在海面漂浮。到处见出同样取生命于阳光，繁殖大海洋中的简单绿色荇藻，正唯其异常单纯，随浪起伏动荡，适应现实，便得到生命悦乐。还有那个寄生息于荇藻中的小鱼小虾，亦无不成群结伴，悠然自得，各适其性。海洋较深处，便有一群群种类不同的鲨鱼，皮韧而滑，能顺波浪，狡狠敏捷，锐齿如锯，于同类异类中有所争逐，十分猛烈。还有一只只黑色鲸鱼，张大嘴时万千细小蛤蚧和乌贼海星，即随同巨口张合作成的潮流，消失于那个深渊无底洞口，庞大如山的鱼身，转折之际本来已极感困难，躯体各部门，尚可看见万千有吸盘的大小鱼类，用它们吸盘紧紧贴住，随同升沉于洪波巨浪中。这一切生物在海面所产生的漩涡与波涛，加上世界上另外一隅寒流温暖所作成变化，卷没了我的小小身子，复把我从白浪顶上抛起。试伸手有所攀援时，方明白那些破碎板片，正如同经典中的抽象原则，已腐朽到全不适用。但见远处仿佛有十来个衣冠人物，正在那里收拾海面残余，扎成一个简陋筏子。仔细看看，原来载的是一群两千年前未坑尽腐儒，只因为活得寂寞无聊，所以用儒家名分,附会谶纬星象征兆,预备作一个遥远跋涉,去找寻矿产熔铸九鼎。内中似乎还有不少十分面善的熟人。这个筏子向我慢慢漂来,又慢慢远去,终于消失到烟波浩淼中不见了。

试由海面向上望,忽然发现蓝穹中一把细碎星子,闪烁着细碎光明。从冷静星光中,我看出一种永恒,一点力量,一点意志。诗人或哲人为这个启示,反映于纯洁心灵中即成为一切崇高理想。过去诗人受牵引迷惑,对远景凝眸过久,失去条理如何即成为疯狂,得到平衡如何即成为法则;简单法则与多数人心会合时如何产生宗教,由迷惑,疯狂,到个人平衡过程中,又如何产生艺术。一切真实伟大艺术,都无不可见出这个发展过程和终结目的。然而这目的,说起来,和随地可见蚊蚋集团的翁翁营营要求的效果终点,距离未免相去太远了。

微风掠过面前的绿原,似乎有一阵新的波浪从我身边推过。我攀住了一样东西,于是浮起来了。我攀住的是这个民族在忧患中受试验时一切活人素朴的心;年青男女入社会以前对于人生的坦白与热诚,未恋爱以前对于爱情的腼腆与纯粹,还有那个在城市,在乡村,在一切边陬僻壤,埋没无闻卑贱简单工作中,低下头来的正直公民,小学教师或农民,从习惯中受侮辱,受挫折,受牺牲的广泛沉默。沉默中所保有的民族善良品性，如何适宜培养爱和恨的种子。

强烈照眼阳光下，蚕豆小麦作成的新绿，已掩盖远近赭色田亩。面对这个广大的绿原，一端衔接于泛银光的滇池，一端却逐渐消失于蓝与灰融合而成的珠母色天际，我仿佛看到一些种子，从我手中撒去，用另外一种方式，在另外一时同样一片蓝天下形成的繁荣。

有个脆弱而充满快乐情感的声音，在高大仙人掌丛后锐声呼唤：

"爸爸，爸爸，快回来，不要走得太远，大家提水去！"

我知道，我的心确实走得太远，应当回家了。我似乎也快迷路了。

原来那个六岁大的虎虎，已从学校归来，准备为家事服务了。

孩子们取水的溪沟边，另外一时，每当烧晚饭前后，必有个善于弹琴唱歌聪明活泼的女子，带了他到那个松柏成行的长堤上去散步，看滇池上空一带如焚如烧的晚云，和镶嵌于明净天空中梳子形淡白新月，共同笑乐。这个亲戚走后，过不久又来了一个生活孤独性情纯厚的诗人朋友，依然每天带了他到那里去散步。脚印践踏脚印，取同一方向来回。朋友为娱乐自己并娱乐孩子，常把绿竹叶片折成的小船，装上一点红白野花,一点玛瑙石子,以及一点单纯忧郁隐晦的希望,和孩子对于这个行为的痴愿与祝福,乘流而去。小船去不多远,必为溪中㳇流或岸旁下垂树枝作成的漩涡搅翻。在诗人和孩子心中,却同样以为终有一天会直达彼岸。生命愿望凡从星光虹影中取决方向的,正若随同一去不复返的时间,渐去渐远,纵想从星光虹影中寻觅归路,已不可能。在另一方面,朋友走了,有所寻觅的远远走去,可是过不久,孩子们或许又可以和那个远行归来的姨姨,共同到溪边提水了。玩味及这种人事,倏忽相差相左无可奈何光景时,不由得人不轻轻的叹一口气。

晚饭时,从主妇口中才知道家中半天内已来过好些客人。甲先生叙述一阵贤明太太们用变相高利贷"投资"的故事,尽了广播义务,就走了。乙太太叙述一阵家庭小纠纷问题,为自己丈夫作个不美观画像也走了。丙小姐和丁博士又报告……

主妇笑着说:"他们让我知道许多事情,可无一个人知道我们今天卖了一升麦子一家四人才能过年。"

我说:"我们就活到那么一个世界中,也是教育,也是战争!"

"我倒觉得人各有好处,从性情上看来,这些朋友都各有各的好处。……"

"这个话从你口中说出时,很可以增加他们一点自尊心,若果从我笔下写出,可就会以为是讽刺了。许多人平常过日子的方法,一生的打算,以至于从自己口中说出的话语,都若十分自然毫不以为不美不合式。且会觉得在你面前如此表现,还可见出友谊的信托和那点本性上的坦白天真。可是一到由另一人照实写下来,就不可免成为不美观的讽刺画了。我容易得罪人在此。这也就是我这支笔常常避开当前社会,去写传奇故事原因。一切场面上的庄严,从深处看,将隐饰部分略作对照,必然都成为漫画。我并不乐意作个漫画家!实在说来,对于一切人的行为和动机,我比你更多同情。我从不想到过用某一种道德标准去度量一般人,因为我明白人太不相同。不幸的是它和我的工作关系又太密切,所以间或提及这个差别时,终不免有点痛苦,企图中和这点痛苦,反而因之会使这些可爱灵魂痛苦。我总以为做人和写文章一样,包含不断的修正,可以从学习得到进步。尤其是读书人,从一切好书取法,慢慢的会转好。事实上可不大容易。真如×说的'蝗虫集团从海外飞来,还是蝗虫'。如果是虎豹呢,即或只剩一牙一爪,也可见出这种山中猛兽的特有精力和雄强气魄!不幸的是现代文化便培养了许多蝗虫。在都市高级知识分子中,特别容易发现蝗虫,贪得而自私,有个华美外表,比蝗虫更多一种自足的高贵。"

主妇一遇到涉及人的问题时,照例只是微笑。从微笑中依稀可见出"察渊鱼者不祥"一句格言的反光,或如另一时论起的,"我即觉得他人和我理想不同,从不说;你一说,就糟了。在自以为深刻的,可不想在人家容易成苛刻,为的是人总是人,是异于兽和神之间的东西,他们从我沉默中,比由你文章中可以领会更多的同情。每个人既都有不同的弱点,同情却覆盖了那个不愉快!"

我想起先前一时在田野中感觉到的广大沉默,因此又说:"沉默也是一种难得品德,从许多方面可以看得出来。因为它在同情之外,还包含容忍,保留否定。可是这种品德是无望于某些人的。说真话,有些人不能沉默的表现上,我倒时常可以发现一种爱娇,即稍微混合一点儿做作亦无关系。因为大都本源于求好,求好心太切,又缺少自信自知,有时就不免适得其反。许多人在求好行为上摔跤,你亲眼看到,不作声,就称为忠厚;我看到,充满善意想用手扶一扶,反而不成!虎虎摔跤也不欢喜人扶的!因为这伤害了他的做人自尊心。"

主妇说:"你知道那么多,这不难得到的品德自己却得不到。你即不扶也成,可是事实上你有时却说我恐怕伤你自尊心,虽然你并不十分自尊,人家怎么不难受!"孩子们见提到本质问题，龙龙插嘴说："姆妈，奇怪，我昨天做了个梦，梦到张嫂已和一个人结婚，还请我们吃酒。新郎好像是个洋人。她是不是和×伯母一样，都欢喜洋人？"

小虎虎说："可是洋人说她身体长得好看，用尺量过？洋人要哄张嫂，一定也去做官。×伯母答应借巴老伯大床结婚，借不借张嫂？张嫂是只煮不烂的小鸡，皮毛厚厚的，费火费水。做梦只想金钏子，××太太就有一双金钏子。"

小龙的好奇心转到报纸上："报上说大嘴笑匠到昆明来了，是个什么人？是不是在联大演讲逗人发笑的林语堂？"

虎虎还想有所自见："我也做了个怪梦，梦见四姨坐只大船从溪里回来，划船的是个顶熟的人。船比小河大。诗人舅舅在堤上，拍拍手，口说好好，就走开了。我正在提水，水桶上那个米老鼠也看见。当真的。"

虎虎的作风是打趣争强，使龙龙急了起来："唉咦，小弟，你又乱说。你就只会捣乱，青天白日也睁了双大眼睛做梦，不分真假自己相信！"

"一切愿望都神圣庄严，一切梦想都可能会实现。"我想起许多事情。好像面前有一副涂满各种彩色的七巧板，排定了个式子，方的叫什么，长的象征什么，都已十分熟习。忽然被孩子们四只小手一搅，所有板片虽照样存在，部位秩序可给

第三章　在日光下生活

这种恶作剧完全弄乱了。原来情形只有板片自己知道，可是板片却无从说明。

小虎虎果然正睁起一双大眼睛，向虚空看得很远，海上复杂和星空壮丽，既影响我一生，也会影响他将来命运，为这双美丽眼睛，我不免有点忧愁。因此为他说了个佛经上驹那罗王子①的故事。

"……那王子一双极好看的眼睛，瞎了又亮了，就和你眼睛一样，黑亮亮的，看什么都清清楚楚，白天看日头不眩眼，夜间在这种灯光下还看得见屋顶上小痁蚊。为的是做人正直而有信仰，始终相信善。他的爸爸就把那个紫金钵盂，拿到全国各处去。全国各地年青美丽的女孩子，听说王子瞎了眼睛，为同情他受的委屈，都流了眼泪。接了大半钵这种清洁眼泪，带回来一洗，那双眼睛就依旧亮光光的了！"

主妇笑着不作声，清明目光中仿佛流注一种温柔回答："从前故事上说，王子眼睛被恶人弄瞎后，要用美貌女孩子的纯洁眼泪来洗，才可重见光明。现在的人呢，要从勇敢正直的眼光中得救。"

我因此补充说："小弟，一个人从美丽温柔眼光中，也能

---

① 驹那罗王子：阿育王之子。阿育王，古印度摩揭陀王国孔雀王朝国王。

得救！譬如说……"

孩子的心被故事完全征服了，张大着眼睛，对他母亲十分温驯的望着：

"姆妈，你眼睛也亮得很，比我的还亮！"

三十二年[①]十二月末一天，云南呈贡

原载于一九四四年五月十五日《时与潮文艺》第三卷第三期

[①] 三十二年：即1943年。

小草与浮萍

小萍儿为风吹着停止在一个陌生的岸旁。他打着旋身睁起两个小眼睛察看这新天地。他想认识他现在停泊的地方究竟还同不同以前住过的那种不惬意的地方。他还想：

——这也许便是诗人所告给我们的那个虹的国度里！

自然这是非常容易解决的一回事！他立时就知道所猜的是失望了。他并不见什么玫瑰色的云朵，也不见什么金刚石的小星；既不见到一个生银白翅膀，而翅膀尖端还蘸上天空明蓝色的小仙人，更不见一个坐在蝴蝶背上，用花瓣上露颗当酒喝的真宰。他看见的世界，依然是骚动骚动像一盆泥鳅那末不绝地无意思骚动的世界。天空中，只是苍白灰颓同一个病死的囚犯脸子一样，使他不敢再昂起头去为第二次注视。

他真要哭了！他于是唱着歌安顿自己凄惶的心情：

"侬是失家人,萍身伤无寄。江湖多风雪,频送侬来去。风雪送侬去,又送侬归来。不敢识旧途,恐乱侬行迹。……"

他很相信他的歌能够于唱出后换取别人一些眼泪回来。其实除了在过去的时代波光中,曾有过一只折了翅膀的蝴蝶,堕在草间,寻找不着它的相恋者,在他面前流过一次眼泪外,却没有第二回同样的事情了!这时忽然有个突如其来的声音止住了他:

"小萍儿,漫伤嗟!同样漂泊有杨花。"

这声音既很温和,又复清婉,正像春风吹到他背后时一样,是一种同情的爱抚。他很觉得惊异。他想:

——这是谁?为甚认识我?莫非就是那只许久不通消息的小小蝴蝶罢?或者杨花是她的女儿,……

但当他抬起含有晶莹泪珠的眼睛四处探望时,却不见一个小生物。他忙提高嗓子:

"喂!朋友,你是谁?你在什么地方说话?"

"朋友,你寻不到我吧?我不是那些伟大的东西!虽然我心在我自己看来并不很小,但实在的身子却同你不差什么。你把你视线放低一点,就看见我了。……是,是,再低一点,……对了!"

他随着这声音才从路坎上一间玻璃房子旁发见了一株小

草。她穿件旧到已将退色了的绿衣裳。看样子,是可以做一个朋友的。当小萍儿眼睛转到身上时,她含笑的说:

"朋友,我听你唱歌,很好。什么伤心事使你唱出这样调子?倘若你以为我够得上做你一个朋友时,我愿意你把所有的痛苦细细的同我讲讲。我们同是在这靠着做一点梦来填补痛苦的寂寞旅途上走着呢!"

小萍儿又哭了,因为用这样温和口气同他说话的,他还是初次入耳呢。

他于是把他往时常同月亮诉说而月亮却不理他的一些伤心事都一一同小草说了。他接着又问她是怎样过活。

"我吗?同你似乎不同了一点。但我也不是少小就生长在这里的。我的家我还记着:从不见到什么冷得打战的大雪,也不见什么吹得头痛的大风,也不像这里那末空气干燥,时时感到口渴,——总之,比这好多了。幸好,我有机会傍在这温室边旁居住,不然,比你还许不如!"

他曾听过别的相识者说过,温室是一个很奇怪的东西。凡是在温室中打住的,不知道什么叫作季节,永远过着春天的生活。虽然是残秋将尽的天气,碧桃同樱花一类东西还会恣情的开放。这之间,卑卑不足道的虎耳草也能开出美丽动人的花朵,最无气节的石菖蒲也会变成异样的壮大。但他却还始终没有亲眼见到过温室的形状。

"呵！你是在温室旁住着的？我请你不要笑我浅陋可怜，我还不知道温室是怎么一种地方呢？"

从他这问话中，可以见他略略有点羡慕的神气。

"你不知道却是一桩很好的事情。并不巧，我——"

他又抢着问：

"朋友，我听说温室是长年四季过着春天生活的！为甚你又这般憔悴？你莫非是闹着失恋的一类事罢？"

"一言难尽！"她叹了一口气。憩了一阵，她像在脑子里搜索得什么似的，接着又说，"这话说来又长了。你若不以为厌烦，我可以为从头一一告你。我先前正是像你们所猜想的那末愉快，每日里同一些姑娘们，少年们，有说有笑的过日子。什么跳舞会啦，牡丹与芍药结婚啦……你看我这样子虽不什么漂亮，但筵席上少了我她们是不欢的。有一次，真的春天到了，跑来一位诗人。她们都说他是诗人，依我看他那样子也并不比不会唱歌的少年特别不同；并且，我一见他那尖瘦有毛的脸嘴，就不高兴。嘴巴尖瘦并不是什么奇怪事，但他却尖的格外讨厌。又是长长的眉毛，又是崭新的绿森森的衣裳，又是清亮的嗓子，真惹得那一群不顾羞耻的轻薄骨头发颠！就中尤其是小桃，——"

"那不是莺哥大诗人吗?"他照她所说的那诗人形状着想,以为必定是会唱赞美诗的莺哥了,但穿绿衣裳又会唱歌的却很多,故又这样问。

"嘘!诗人?单是口齿伶便一点,简直一个儇薄儿罢了!我分明看到他弃了他居停的女人,飞到园角落同海棠偷偷的去接吻。"

她所说的话无非是不满意于那位漂亮诗人。小萍儿想:

——或者她对于这诗人有点妒意罢!

但他不好意思将这疑问质之于小草面前。他们不过是新交。他只问:

"那末,她们都为那诗人轻薄了!"

"不。还有——"

"还有谁?"

"还有玫瑰。她虽然是常常含着笑听那尖嘴无聊的诗人唱情歌,但当他嬉皮涎脸的飞到她身边,想在那嫩小嘴唇上接一个吻时,她却给他狠狠的刺了一下。"

"以后,——你?"

"你是不是问我以后怎么又不到温室中了吗?我本来是可以在那里住身的。因为秋的饯行筵席上,大众约同开一个跳舞会,我这好动的心思,又跑去参加了。在这当中,大家都觉到有点惨沮，虽然是明知春天终不会永久灭亡。"

"诗人？"

"诗人早不知到什么地方去了。有些姐妹们也想到是因为无人唱诗，所以弄得满席抑郁不欢，不久就从别处请了一位小小跛脚诗人来。他小到可怜，身上还不到一个白果那么大。穿一件黑油绸短袄子，行路一跳一跳，——"

"那是蟋蟀罢？"其实他并不与蟋蟀认识，不过这名字对他很熟罢了！

"对。他名字后来我知道是叫作蟋蟀。那你大概是与他认识了！他真会唱。他的歌能感动一切，虽然调子是很简单。——我所以不到温室中过冬，愿到这外面同一些不幸者为风雪暴虐下的牺牲者，就是为他的歌所感动呢。——看样子，那么渺小，真不值得用正眼刷一下。但第一句歌声唱出时，她们的眼泪便一起为挤出来了！他唱的是'萧条异代不同时'。这本是一句旧诗，但请想这样一个饯行的筵席上，这种诗句如何不敲动她们的心呢？就中尤其感到伤心的是那位密司柳。她原是那绿衣诗人的旧居停。想着当日'临流顾影，婀娜丰姿'，真是难过！到后又唱到'姣艳芳姿人阿谀，断枝残梗人遗弃，……'把密司荷又弄得嚎啕大哭了。……还有许多好句子，可惜我不能记。到后跛脚诗人便在我这里住下了。我们因时常谈话，才知道他原也是流浪性成了随遇而安的脾气。——"

他想着这样诗人倒可以认识认识，就这样问：

"现在呢？"

"他因性子不大安定，不久就又走了！"

小萍儿听到他朋友的答复，怃然若有所失，好久好久不则声。他末后问她唱的"小萍儿，漫伤嗟，同样漂泊有杨花！"那首歌是什么人教给她的时，小草却掉过头去羞涩的说就是那跛脚诗人。

二月十四日

选自《鸭子》，北新书局一九二六年十一月版

生　命

我好像为什么事情很悲哀,我想起"生命"。

每个活人都像是有一个生命,生命是什么,居多人是不曾想起的,就是"生活"也不常想起。我说的是离开自己生活来检视自己生活这样事情,活人中就很少那么作,因为这么作不是一个哲人,便是一个傻子了。"哲人"不是生物中的人的本性,与生物本性那点兽性离得太远了,数目稀少,正见出自然的巧妙与庄严。因为自然需要的是人不离动物,方能传种。虽有苦乐,多由生活小小得失而来,也可望从小小得失得到补偿与调整。一个人若尽向抽象追究,结果纵不至于违反自然,亦不可免疏忽自然,观念将痛苦自己,混乱社会。因为追究生命"意义"时,即不可免与一切习惯秩序冲突。在同样情形下,这个人脑与手能相互为用,或可成为一思想家、艺术家；脑与行为能相互为用，或可成为一革命者。若不能相互为用，引起分裂现象，末了这个人就变成疯子。其实哲人或疯子，在违反生物原则，否认自然秩序上，将脑子向抽象思索，意义完全相同。

我正在发疯。为抽象而发疯。我看到一些符号，一片形，一把线，一种无声的音乐，无文字的诗歌。我看到生命一种最完整的形式，这一切都在抽象中好好存在，在事实前反而消灭。

有什么人能用绿竹作弓矢，射入云空，永不落下？我之想象，犹如长箭，向云空射去，去即不返。长箭所注，在碧蓝而明静之广大虚空。

明智者若善用其明智，即可从此云空中，读示一小文，文中有微叹与沉默，色与香，爱和怨。无著者姓名。无年月。无故事。无……然而内容极柔美。虚空静寂，读者灵魂中如有音乐。虚空明蓝，读者灵魂上却光明净洁。

大门前石板路有一个斜坡，坡上有绿树成行，长干弱枝，翠叶积叠，如翠翣，如羽葆，如旗帜。常有山灵，秀腰白齿，往来其间。遇之者即喑哑。爱能使人喑哑——一种语言歌呼之死亡。"爱与死为邻"。

然抽象的爱，亦可使人超生。爱国也需要生命，生命力充溢者方能爱国。至如阉寺性的人,实无所爱,对国家,貌作热诚;对事,马马虎虎;对人,毫无情感;对理想,异常吓怕。也娶妻生子,治学问教书,做官开会,然而精神状态上始终是个阉人。与阉人说此,当然无从了解。

夜梦极可怪。见一淡绿百合花,颈弱而花柔,花身略有斑点青渍,倚立门边微微动摇。在不可知地方好像有极熟习的声音在招呼:

"你看看好,应当有一粒星子在花中。仔细看看。"

于是伸手触之。花微抖,如有所怯。亦复微笑,如有所恃。因轻轻摇触那个花柄,花蒂,花瓣。近花处几片叶子全落了。

如闻叹息,低而分明。

…………

雷雨刚过。醒来后闻远处有狗吠。吠声如豹。半迷胡中卧床上默想,觉得惆怅之至。因百合花在门边动摇,被触时微抖或微笑,事实上均不可能!

起身时因将经过记下,用半浮雕手法,如玉工处理一片玉石,琢刻割磨。完成时犹如一壁炉上小装饰。精美如瓷器,素朴如竹器。

一般人喜用教育、身分,来测量这个人道德程度。尤其是有关乎性的道德。事实上,这方面的事情,正复难言。有些人我们应当嘲笑的,社会却常常给以尊敬,如阉寺。有些人我们应当赞美的,社会却认为罪恶,如诚实。多数人所表现的观念,照例是与真理相反的。多数人都乐于在一种虚伪中保持安全或自足心境。因此我焚了那个稿件。我并不畏惧社会,我厌恶社会,厌恶伪君子,不想将这个完美诗篇,被伪君子与无性感的女子眼目所污渎。

百合花极静。在意象中尤静。

山谷中应当有白中微带浅蓝色的百合花,弱颈长蒂,无语如语,香清而淡,躯干秀拔。花粉作黄色,小叶如翠珰。

法朗士曾写一《红百合》故事,述爱欲在生命中所占地位,所有形式,以及其细微变化。我想写一《绿百合》,用形式表现意象。

选自《烛虚》,上海文化生活出版社一九四一年八月版

第四章 浮生如一梦

梦只要你肯做,它也会孕育着幻美的花苞,结出真实希望之果的。

给低着头的葵

我明知道你不快,所以才下蛮劲扯你起床。我的希望是想把能够使杏花开放到颠狂样子的春日娇阳也能晒你一下,使你苏生:谁知道吹皱一池春水的春风,又是这样可恶!

我有好多要向你说的话,说来请你莫以为是传教师口吻:——

在生的方面,我们全个儿责任,似乎应该委托一部分于理智,才能够生得下去。若果是一任感情之火来焚烧自己脆弱的灵魂,也许它会为炽热的火焰炙枯,至于平平稳稳生下去是否我们所愿意,当然可以干脆的说一个"不"字。但是你想着"有的青山在,何愁没柴烧"的两句话,也应稍稍的把你头抬一下了!

人不能用理智来抑勒着感情,使自己好好的醉于梦的未来天地中，是一桩多么可怜的事情啊！

单单醉于梦中的可怜处，自然我也知道。

话从你说到我耳边时，我是不愿意承认的。但如今又到我拿来劝你的时候了。我比你似乎还应值得可怜！你尚能喝一盏欲向阳而不得的酸酒。

你说做梦已不能。但我除了劝你宽宽心，不妨从已撕破了的梦的画片中再重新勉强拼一张涂上红红绿绿的虹之国图来安置你的空虚的心外，还有什么话可说呢？我也不仅是劝你！就是我自己，也还是赖着这还未完全幻灭的梦之帷幕来罩着这颗灰色小心呢。

以我这么一个人间摈弃者，在过去与未来的生命史上，还加上许多疑问符号来维系自己生趣，你又何苦这样用酒精来作践自己？

爱，是上帝造人的时候，为使世界生物在日月无情的转轮下不至灭亡的原故，同时颁给人的。因为这在实际上便是一种传衍族种义务的报酬，更可以说是单纯的义务。不过，义务虽是义务，但从这中可以得生命的愉悦，是以人人都不以这义务为烦苦（除了生在特殊病态下的少数人）。

失恋，想恋，得来的苦闷，不过是一个人应负责任而不得尽责时一种神的惩罚罢了！这惩罚似乎是把人睡于蔚苍苍的天宇下的一张绿色天鹅绒摇椅上，强制他数算眨眼的星星，大概谁都乐意。

因此你那因犯似的颓丧，在我并不以为奇怪。

不过，你想鞠躬尽瘁的来负这种义务的时候还多着！又何必就这样小孩子般哭哭啼啼？你负这义务的能力既有，你负这义务的青春也还未消失，……说到这里，我却不敢去返顾一下自己。我还是一个想负义务连对象也没有的光棍；然而，空虚的我，还不是依然要从挣扎中生存下去吗！

看到你急于想把担子加到肩上却又深怕担子落到别人头上去的那种栖惶情形，真使我好笑！我不是你说的"为幸灾乐祸"而大笑；只是觉得上帝造人的巧妙，与世界上像这一类人的可怜罢了。

好像有一个什么人曾这样说过：梦只要你肯做，它也会孕育着幻美的花苞，结出真实希望之果的。我但愿意你能从我的话里找出一分（也不敢多想）做梦的勇气，好来调和你这在万一中想扛担子而不得的时候失望与悲哀的心绪。

另一个希望，自然是祝你想扛的担子早早的加到你的肩上。

我还要附带的告你的是：别人认为不合理的途径，但这实在是可以发见你生命欢喜的一条路，你便应不用迟疑的走去；就是所谓在良心上不大认可的事，但这也可以使你掘到爱的奥秘之矿源时,你也须莫加选择的做去。所谓"良心",乃是人类一种虽应当负——但谁都不曾负过的奴隶德性。也许有些狡猾东西把"良心"常常放到嘴巴边;也许有些傻瓜把"良心"紧紧把握着深怕它跑掉就不能做人:其实除了谋自己愉悦——尽传衍义务找一点报酬——以外,已没有什么事情在你我生命上可称为更有价值了!

果真是要想把爱的义务加到自己身上的人,除了对象时时在灵魂上微笑,生出璀璨不熄的杂色火花外,世界存在与否,本不值得再去顾视。

在梦中尝嗅到兰花香味的可怜人
选自《沈从文全集》,北岳文艺出版社二〇〇二年十二月版

月下小景

初八的月亮圆了一半，很早就悬到天空中。傍了××省边境由南而北的横断山脉长岭脚下，有一些为人类所疏忽历史所遗忘的残余种族聚集的山寨。他们用另一种言语，用另一种习惯，用另一种梦，生活到这个世界一隅，已经有了许多年。当这松杉挺茂嘉树四合的山寨，以及寨前大地平原，整个为黄昏占领了以后，从山头那个青石碉堡向下望去，月光淡淡的洒满了各处，如一首富于光色和谐雅丽的诗歌。山寨中，树林角上，平田的一隅，各处有新收的稻草积，以及白木作成的谷仓。各处有火光，飘扬着快乐的火焰，且隐隐的听得着人语声，望得着火光附近有人影走动。官道上有马项铃清亮细碎的声音，有牛项下铜铎沉静庄严的声音。从田中回去的种田人，从乡场上回家的小商人，家中莫不有一个温和的脸儿，等候在大门外,厨房中莫不预备有热腾腾的饭菜,与用瓦罐炖热的家酿烧酒。

薄暮的空气极其温柔,微风摇荡,大气中有稻草香味,有烂熟了山果香味,有甲虫类气味,有泥土气味。一切在成熟,在开始结束一个夏天阳光雨露所及长养生成的一切。一切光景具有一种节日的欢乐情调。

柔软的白白月光,给位置在山岨上石头碉堡,画出一个明明朗朗的轮廓,碉堡影子横卧在斜坡间,如同一个巨人的影子。碉堡缺口处,迎月光的一面,倚着本乡寨主独生儿子傩佑;傩神所保佑的儿子,身体靠定石墙,眺望那半规新月,微笑着思索人生苦乐。

"……人实在值得活下去,因为一切那么有意思,人与人的战争,心与心的战争,到结果皆那么有意思。无怪乎本族人有英雄追赶日月的故事。因为日月若可以请求,要它停顿在哪儿时,它便停顿,那就更有意思了。"

这故事是这样的:第一个××人,用了他武力同智慧得到人世一切幸福时,他还觉得不足,贪婪的心同天赋的力,使他勇往直前去追赶日头,找寻月亮,想征服主管这些东西的神,勒迫它们在有爱情和幸福的人方面,把日子去得慢一点,在失去了爱心为忧愁失望所啮蚀的人方面,把日子又去得快一点。结果这贪婪的人虽追上了日头,却被日头的热所烤炙,在西方大泽中就渴死了。至于日月呢,虽知道了这是人类的欲望,却只是万物中之一的欲望,故不理会。因为神是正直的,不阿其所私的,人在世界上并不是唯一的主人,日月不单为人类而有。日头为了给一切生物的热和力,月亮为了给一切虫类唱歌,用这种歌声与银白光色安息劳碌的大地。日月虽仍然若无其事的照耀着整个世界,看着人类的忧乐,看着美丽的变成丑恶,又看着丑恶的称为美丽,但人类太进步了一点,比一切生物智慧较高,也比一切生物更不道德。既不能用严寒酷热来困苦人类,又不能不将日月照及人类,故同另一主宰人类心之创造的神,想出了一个办法,就是使此后快乐的人越觉得日子太短,使此后忧愁的人越觉得日子过长。人类既然凭感觉来生活,就在感觉上加给人类一种处罚。

这故事有作为月神与恶魔商量结果的传说,就因为恶魔是在夜间出世的。人皆相信这是月亮作成的事,与日头毫无关系。凡一切人讨论光阴去得太快,或太慢时,却常常那么诅咒:"日子,滚你的去吧。"痛恨日头而不憎恶月亮。土人的解释,则为人类性格中,慢慢的已经神性渐少,恶性渐多。另外就是月光较温柔,和平,给人以智慧的冷静的光,却不给人以坦白直率的热,因此普遍生物皆欢喜月光,人类中却常常诅咒日头。约会恋人的,走夜路的,做夜工的,皆觉得月光比日光较好。在人类中讨厌月光的只是盗贼,本地方土人中却无盗贼,也缺少这个名词。

这时节,这一个年纪还刚只满二十一岁的寨主独生子,由于本身的健康,以及从另一方面所获得的幸福,对头上的月光正满意的会心微笑,似乎月光也正对了他微笑。傍近他身边,有一堆白色东西。这是一个女孩子,把她那长发散乱的美丽头颅,靠在这年青人的大腿上,把它当作枕头安静无声的睡着。女孩子一张小小的尖尖的白脸,似乎被月光漂过的大理石,又似乎月光本身。一头黑发,如同用冬天的黑夜作为材料,由盘踞在山洞中的女妖亲手纺成的细纱。眼睛,鼻子,耳朵,同那一张产生幸福的泉源的小口,以及颊边微妙圆形的小涡,如本地人所说的藏吻之巢窝,无一处不见得是神所着意成就的工作。一微笑,一睐眼,一转侧,都有一种神性存乎其间。神同魔鬼合作创造了这样一个女人,也得用侍候神同对付魔鬼的两种方法来侍候她,才不委屈这个生物。

女人正安安静静的躺在他的身边,一堆白色衣裙遮盖到那个修长丰满柔软温香的身体,这身体在年青人记忆中,只仿佛是用白玉、奶酥、果子同香花调和削筑成就的东西。两人白日里来此,女孩子在日光下唱歌,在黄昏里和落日一同休

第四章　浮生如一梦

息，现在又快要同新月一样苏醒了。

一派清光洒在两人身上，温柔的抚摩着睡眠者全身。山坡下是一部草虫清音繁复的合奏。天上那半规新月，似乎在空中停顿着，长久还不移动。

幸福使这个孩子轻轻的叹息了。

他把头低下去，轻轻的吻了一下那用黑夜搓成的头发，接近那魔鬼手段所成就的东西。

远处有吹芦管的声音，有唱歌声音。身近旁有斑背萤，带了小小火把，沿了碉堡巡行，如同引导得有小仙人来参观这古堡的神气。

当地年青人中唱歌高手的傩佑，唯恐惊了女人，惊了萤火，轻轻的轻轻的唱：

龙应当藏在云里，
你应当藏在心里。
……

女孩子在迷糊梦里，把头略略转动了一下，在梦里回答着：

我灵魂如一面旗帜，

你好听歌声如温柔的风。

他以为女孩子已醒了,但听下去,女人把头偏向月光又睡去了。于是又接着轻轻的唱道:

人人说我歌声有毒,
一首歌也不过如一升酒使人沉醉一天,
你那傅了蜂蜜的言语,
一个字也可以在我心上甜香一年。

女孩子仍然闭了眼睛在梦中答着:

不要冬天的风,不要海上的风,
这旗帜受不住狂暴大风。
请轻轻的吹,轻轻的吹;
(吹春天的风,温柔的风,)
把花吹开,不要把花吹落。

小寨主明白了自己的歌声可作为女孩子灵魂安宁的摇篮,故又接着轻轻的唱道:

第四章 浮生如一梦

> 有翅膀鸟虽然可以飞上天空,
> 没有翅膀的我却可以飞入你的心里。
> 我不必问什么地方是天堂,
> 我业已坐在天堂门边。

女孩又唱:

> 身体要用极强健的臂膀搂抱,
> 灵魂要用极温柔的歌声搂抱。

寨主的独生子傩佑,想了一想,在脑中搜索话语,如同宝石商人在口袋中搜索宝石。口袋中充满了放光炫目的珠玉奇宝,却因为数量太多了一点,反而选不出那自以为极好的一粒,因此似乎受了一点儿窘。他觉得神祇创造美和爱,却由人来创造赞誉这神工的言语。向美说一句话,为爱下一个注解,要适当合宜,不走失感觉所及的式样,不是一个平常人的能力所能企及。

"这女孩子值得用龙朱的爱情装饰她的身体。用龙朱的诗歌装饰她的人格。"他想到这里时,觉得有点惭愧了,口吃了,不敢再唱下去了。

歌声作了女孩子睡眠的摇篮，所以这女孩子才在半醒后重复入梦。歌声停止后，她也就惊醒了。

他见到女孩子醒来时，就装作自己还在睡眠，闭了眼睛。女孩从日头落下时睡到现在，精神已完全恢复过来，看男子还依靠石墙睡着，担心石头太冷，把白披肩搭到男子身上去后，傍了男子靠着。记起睡时满天的红霞，望到头上的新月，便轻轻的唱着，如母亲唱给小宝宝听的催眠歌。

　　睡时用明霞作被，
　　醒来用月儿点灯。

寨主独生子哧的笑了。
"……"
"……"

四只放光的眼睛互相瞅定，各安置一个微笑在嘴角上，微笑里却写着白日中两个人的一切行为。两人似乎皆略略为先前一时那点回忆所羞了，就各自向身旁那一个紧紧的挤了一下，重新交换了一个微笑。两人发现了对方脸上的月光那么苍白，于是齐向天上所悬的半规新月望去。

远远的有一派角声与锣鼓声，为田户巫师禳土酬神所在

第四章　浮生如一梦

处，两人追寻这快乐声音的方向，于是向山下远处望去。远处有一条河。

"没有船舶不能过那条河，没有爱情如何过这一生？"

"我不会在那条小河里沉溺，我只会在你这小口上沉溺。"

两人意思仍然写在一种微笑里，用的是那么暧昧神秘的符号，却使对面一个从这微笑里明明白白，毫不含糊。远处那条长河，在月光下蜿蜒如一条带子，白白的水光，薄薄的雾，增加了两人心上的温暖。

女孩子说到她梦里所听的歌声，以及自己所唱的歌，还以为他们两人皆在梦里。经小寨主把刚才的情形说明白时，两人笑了许久。

女孩子天真如春风，快乐如小猫，长长的睡眠把白日的疲倦完全恢复过来，因此在月光下，显得如一尾鱼在急流清溪里。

只想说话，全是说那些远无边际的，与梦无异的，年青情人在狂热中所能说的糊涂话蠢话皆完全说到了。

小寨主说：

"不要说话，让我好在所有的言语里，找寻赞美你眉毛头发美丽处的言语！"

"说话呢，是不是就妨碍了你的谄谀？一个有天分的人，就是诏谀也显得不缺少天分！"

"神是不说话的。你不说话时像……"

"还是做人好！你的歌中也提到做人的好处！我们来活活泼泼的做人，这才有意思！"

"我以为你不说话就像何仙姑的亲姊妹了。我希望你比你那两个姐姐还稍呆笨一点。因为得呆笨一点，我的言语字汇里，才有可以形容你高贵处的文字。"

"可是，你曾同我说过，你也希望你那只猎狗敏捷一点。"

"我希望它灵活敏捷一点，为的是在山上找寻你比较方便，为我带信给你时也比较妥当一点。"

"希望我笨一点，是不是也如同你希望羚羊稍笨一样，好让你嗾使那只猎狗追我时，不至于使我逃脱？"

"好的音乐常常是复音，你不妨再说一句。"

"我记得到你也希望羚羊稍笨过。"

"羚羊稍笨一点，我的猎狗才可以赶上它，把它捉回来送你。你稍笨一点，我才有相当的话颂扬你！"

"你口中体面话够多了，你说说你那些感觉给我听听。说谎若比真实更美丽，我愿意听你那些美丽的谎话。"

"你占领我心上的空间，如同黑夜占领地面一样。"

"月亮起来时，黑暗不是就只占领地面空间很小很小一部分了吗?"

"月亮照不到人心上的。"

"那我给你的应当也是黑暗了。"

"你给我的是光明,但是一种炫目的光明,如日头似的逼人熠耀。你使我糊涂。你使我卑陋。"

"其实你是透明的,从你选择诡谀时,证明你的心现在还是透明的。"

"清水里不能养鱼,透明的心也一定不能积存辞藻。"

"江中的水永远流不完,心中的话永远说不完:不要说了,一张口不完全是说话用的!"

两人为嘴唇找寻了另外一种用处,沉默了一会儿。两颗心同一的跳跃,望着做梦一般月下的长岭,大河,寨堡,田坪。芦管声音似乎为月光所湿,音调更低郁沉重了一点。寨中的角楼,第二次摇了转更鼓。女孩子听到时,忽然记起了一件事,把小寨主那颗年青聪慧的头颅捧到手上,眼眉口鼻吻了好些次数,向小寨主摇摇头,无可奈何低低的叹了一声气,把两只手举起,跪在小寨主面前来梳理头上散乱了的发辫,意思想站起来,预备要走了。

小寨主明白那意思了,就抱了女孩子,不许她站起身来。

"多少萤火虫还知道打了小小火炬游玩,你忙些什么?走到什么地方去?"

"一颗流星自有它来去的方向,我有我的去处。"

"宝贝应当收藏在宝库里,你应当收藏在爱你的那个人家里。"

"美的都用不着家:流星,落花,萤火,最会鸣叫的蓝头红嘴绿翅膀的王母鸟,也都没有家的。谁见过人蓄养凤凰呢?谁能束缚着月光?"

"狮子应当有它的配偶,把你安顿到我家中去,神也十分同意!"

"神同意的,人常常不同意。"

"我爸爸会答应我这件事,因为他爱我。"

"因为我爸爸也爱我,若知道了这件事,会把我照××人规矩来处置。若我被绳子缚了沉到地眼里去时,那地方接连四十八根箩筐绳子还不能到底,死了做鬼也找不出路来看你,活着做梦也不能辨别方向。"

女孩子是不会说谎的,本族人的习气,女人同第一个男子恋爱,却只许同第二个男子结婚。若违反了这种规矩,常常把女子用石磨捆到背上,或者沉入潭里,或者抛到地窟窿里。习俗的来源极古,过去一个时节,应当同别的种族一样,有认处女为一种有邪气的东西,地方酋长既较开明,巫师又因

第四章 浮生如一梦

为多在节欲生活中生活,故执行初夜权的义务,就转为第一个男子的恋爱。第一个男子因此可以得到女人的贞洁,就不能够永远得到她的爱情。若第一个男子娶了这女人,似乎对于男子也十分不幸。迷信在历史中渐次失去了本来的意义,习俗保持了古代规矩下来。由于××守法的天性,故年青男女在第一个恋人身上,也从不做那长远的梦。"好花不能长在,明月不能长圆,星子也不能永远放光",××人歌唱恋爱,因此也多忧郁感伤气氛。常常有人在分手时感到"芝兰不易再开,欢乐不易再来",两人悄悄逃走的。也有两人携了手,沉默无语的一同跳到那些在地面张着大嘴,死去了万年的火山孔穴里去的。再不然,冒险的结了婚,到后被查出来时,就应当把女的向地狱里抛去那个办法了。

当地女孩子因为这方面的习俗无法除去,故一到成年,家庭即不大加以拘束,外乡人来到本地若喜悦了什么女子,使女子献身总十分容易。女孩子明理懂事一点的,一到了成年时,总把自己最初的贞操,稍加选择就付给了一个人,到后来再同第二个钟情的男子结婚。男子中明理懂事的,业已爱上某个女子,若知道她还是处女,也将尽这女子先去找寻一个尽义务的爱人,再来同女子结婚。

但这些魔鬼习俗不是神所同意的。年青男女所做的事,常常与自然的神意合一，容易违反风俗习惯。女孩子总愿意把自己整个交付给一个所倾心的男孩子，男子到爱了某个女孩时，也总愿意把整个的自己换回整个的女子。风俗习惯下虽附加了一种严酷的法律，在这法律下牺牲的仍常常有人。

女孩子遇到了这寨主独生子，自从春天山坡上黄色棣棠花开放时，即被这男子温柔缠绵的歌声与超人壮丽华美的四肢所征服，一直延长到秋天，还极其纯洁的在一种节制的友谊中恋爱着。为了狂热的爱，且在这种有节制的爱情中，两人皆似乎不需要结婚，两人中谁也不想到照习惯先把贞操给一个人蹂躏后再来结婚。

但到了秋天，一切皆在成熟，悬在树上的果子落了地，谷米上了仓，秋鸡伏了卵，大自然为点缀了这大地一年来的忙碌，还在天空中涂抹华丽的色泽，使溪涧澄清，空气温暖而香甜，且装饰了遍地的黄花，以及在草木枝叶间傅上与云霞同样的炫目颜色。一切皆布置妥当以后，便应轮到人的事情了。

秋成熟了一切，也成熟了两个年青人的爱情。

两人同往常任何一天相似，在约定的中午以后，在这古碉堡上见面了。两人共同采了无数野花铺到所坐的大青石板上，并肩的坐在那里。山坡上开遍了各样草花，各处是小小蝴蝶，似乎对每一朵花皆悄悄嘱咐了一句话。向山坡下望去，入

第四章 浮生如一梦

目远近皆异常恬静美丽。长岭上有割草人的歌声,村寨中有为新生小犊作栅栏的斧斤声,平田中有拾穗打禾人快乐的吵骂声。天空中白云缓缓的移,从从容容的流动,透蓝的天底,一阵候鸟在高空排成一线飞过去了,接着又是一阵。

两个年青人用山果山泉充了口腹的饥渴,用言语微笑喂着灵魂的饥渴。对目光所及的一切唱了上千首的歌,说了上万句的话。

日头向西掷去,两人对于生命感觉到一点点说不分明的缺处。黄昏将近以前,山坡下小牛的鸣声,使两人的心皆发了抖。

神的意思不能同习惯相合,在这时节已不许可人再为任何魔鬼作成的习俗加以行为的限制。理知即或是聪明的,理知也毫无用处。两人皆在忘我行为中,失去了一切节制约束行为的能力,各在新的形式下,得到了对方的力,得到了对方的爱,得到了把另一个灵魂互相交换移入自己心中深处的满足。到后来,于是两个人皆在战栗中昏迷了,喑哑了,沉默了,幸福把两个年青人在同一行为上皆弄得十分疲倦,终于两人皆睡去了。

男子醒来稍早一点,在回忆幸福里浮沉,却忘了打算未来。女孩子则因为自身是女子,本能的不会忘却××人对于女子违反这习俗的赏罚,故醒来时,也并未打算到这寨主的独生子会要她同回家去。两人的年龄还皆只适宜于生活在夏娃亚当所住的乐园里，不应当到这"必须思索明天"的世界中安顿。

但两人业已到了向所生长的一个地方一个种族的习俗负责时节了。

"爱难道是同世界离开的事吗？"新的思索使小寨主在月下沉默如石头。

女孩子见男子不说话了，知道这件事正在苦恼到他，就装成快乐的声音，轻轻的喊他，恳切的求他，在应当快乐时放快乐一点。

××人唱歌的圣手，
请你用歌声把天上那一片白云拨开。
月亮到应落时就让它落去，
现在还得悬在我们头上。

天上的确有一片薄云把月亮拦住了，一切皆朦胧了。两人的心皆比先前黯淡了一些。寨主独生子说：

我不要日头，可不能没有你。

第四章　浮生如一梦

我不愿作帝称王，却愿为你作奴当差。

女孩子说：

"这世界只许结婚不许恋爱。"

"应当还有一个世界让我们去生存，我们远远的走，向日头出处远远的走。"

"你不要牛，不要马，不要果园，不要田土，不要狐皮裾子同虎皮坐褥吗？"

"有了你我什么也不要了。你是一切：是光，是热，是泉水，是果子，是宇宙的万有。为了同你接近，我应当同这个世界离开。"

两人就所知道的四方各处想了许久，想不出一个可以容纳两人的地方。南方有汉人的大国，汉人见了他们就当生番杀戮，他不敢向南方走。向西是通过长岭无尽的荒山，虎豹所据的地面，他不敢向西方走。向北是本族人的地面，每一个村落皆保持同一魔鬼所颁的法律，对逃亡人可以随意处置。只有东边是日月所出的地方，日头既那么公正无私，照理说来日头所在处也一定和平正直了。

但一个故事在小寨主的记忆中活起来了，日头曾炙死了第一个××人，自从有这故事以后，××人谁也不敢向东追求习惯以外的生活。××人有一首历史极久的歌,那首歌把求生的人所不可少的欲望,真的生存意义却结束在死亡里,都以为若贪婪这"生"只有"死"才能得到。战胜命运只有死亡,克服一切惟死亡可以办到。最公平的世界不在地面,却在空中与地底:天堂地位有限,地下宽阔无边。地下宽阔公平的理由,在××人看来是可靠的,就因为从不听说死人愿意重生,且从不闻死人充满了地下。××人永生的观念,在每一个人心中皆坚实的存在。孤单的死,或因为恐怖不容易找寻他的爱人,有所疑惑,同时去死皆是很平常的事情。

寨主的独生子想到另外一个世界,快乐的微笑了。

他问女孩子,是不是愿意向那个只能走去不再回来的地方旅行。

女孩子想了一下,把头仰望那个新从云里出现的月亮。

　　水是各处可流的,
　　火是各处可烧的,
　　月亮是各处可照的,
　　爱情是各处可到的。

说了,就躺到小寨主的怀里,闭了眼睛,等候男子决定了死的接吻。寨主的独生子,把身上所佩的小刀取出,在镶了宝石的空心刀把上,从那小穴里取出如梧桐子大小的毒药,含放到口里去,让药融化了,就度送了一半到女孩子嘴里去。两人快乐的咽下了那点同命的药,微笑着,睡在业已枯萎了的野花铺就的石床上,等候药力发作。

月儿隐在云里去了。

黄罗寨故事二十一年[①]九月二十二在青岛写成
选自《沈从文全集》,北岳文艺出版社二〇〇二年十二月版

[①] 二十一年:即1932年。

Láomei, zuohen!

> 微微的凉风吹拂了衣裙,
> 淡淡的黄月洒满了一身。
> 星样的远远的灯成行排对,
> 灯样的小小的星无声长坠。
>
> ——《月下》

在长期的苦恼中沉溺,我感到疲倦,乏力,气尽,希望救援,置诸温暖。在一种空虚的想望中,我用我的梦,铸成了偶像一尊。我自己,所有的,是小姐们的一般人所不必要的东西,内在的,近于潜伏的,忧郁的热情。这热情,在种种习俗下,真无价值!任何一个女人,从任何一个男子身上都可找到的脸孔上装饰着的热情。人来向我处找寻,我却空手。我知

第四章　浮生如一梦

道，一个小小的殷勤，能胜过更伟大但是潜默着的真爱。在另一方面，纵是爱，把基础建筑到物质一方，也总比到空虚不可捉找的精神那面更其切于实用。这也可说是女人们的聪明处。不过，傻子样的女人呢，我希望还是有。

我所需要于人，是不饰的热情，是比普通一般人更贴紧一点的友谊，要温柔，要体谅。我愿意我的友人脸相佳美，但愿意她灵魂还超过她的外表更美。我所追求的，我是深知。但在别人，所能给我的，是不是即我找寻的东西？我将于发现后，再检查我自己。这时，让它茫然的，发痴样，让朋友引我进到新的矿地，用了各样努力，去搜索，在短短期间中，证明我的期望。暂忘却我是一个但适宜于白日做梦的独行人，且携了希望，到事实中去印证。于我适宜的事，是没有比这更其适宜了，因此我到了一个地方。

呵，在这样月色里，我们一同进入一个夸大的梦境。黄黄的月，将坪里洒遍，却温暖了各人的心。草间的火萤，执了小小的可怜的火炬，寻觅着朋友。这行为，使我对它产生无限的同情。

小的友人！在这里，我们同是寻路者，我将燃起我心灵上的火把，同你样沉默着来行路！

月亮初圆，星子颇少。拂了衣裙的凉风，且复推到远地，芦苇叶子，瑟瑟在响。金铃子像拿了一面小锣在打，一个太高兴了天真活泼的小孩子！

四人整齐的贴到地上移动的影子，白的鞋，纵声的笑，精致的微像有刺的在一种互存客气中的谈话，为给我他日做梦方便起见，我一一的连同月色带给我的温柔感触，都保留到心上了。真像一个夸大的梦！我颇自疑。在另一时，一件极其平常的事，就会将我这幻影撞碎，而我，却又来从一些破碎不完整的鳞片中，找寻我失去的心。我将在一种莫可奈何中极其柔弱的让回忆的感情来宰割，且预先就见到我有一天会不可自拔的陷进到这梦的破灭的哀愁里。虽然，这时我却是对人颇朦胧，说是不需要爱，那是自欺的事，但我真实的对于人，还未能察觉到的内心就是生了沸腾，来固执这爱！在如此清莹的月光下，白玉雕像样的 Láomei 前，我竟找不到我是蒙了幸福的处所来。我只觉得寂寞。尤其是这印象太美。我知道，我此后将于一串的未来日子里，再为月光介绍给我这真实的影子，在对过去的追寻里，我会苦恼得成一个长期囚于荒岛的囚人。

我想，我是永远在大地上独行的一个人，没有家庭，缺少朋友，过去如此，未来还是皆然，且，自己是这样：把我理想中铸定的全神，拿来安置在一个或者竟不同道的女人身上,而我在现实的斜睨下,又即时发现了事实与理想的不协调。我自己看人,且总如同在一个扩大镜里,虽然是有时是更其清白,但谬误却随时随地显著暴露了。一根毛发,在我看来,会发现许多鳞片。其实这东西,在普通触觉下,却无论如何不会刺手;而我对一根毛发样的事的打击,有时竟感到颇深的疼痛。……

我有所恐惧,我心忽抖,终于我走开了。我怕我会在一种误会下沉坠,我慢慢的把自己留在月光下孤独立着了。

我想起我可哀的命运,凡事我竟必欲其如此固执,不能如一个刹那的享乐世,抓住眼前的一切,美的欣赏却总偏到那种恍惚的梦里去。

"眼前,岂不是颇足快乐的一天么?"谢谢朋友的忠告,正因为是眼前,我反而更其凄凉了。这样月色,这样情景,同样的珍重收藏在心里,倘若是不能遗忘,未必不可作他日温暖我们既已成灰之心。但从此事看来,人生的渺茫无端,就足使我们一同在这明月下痛哭了!

他日,我们的关系,不论变成怎样,想着时,都使我害怕。变,是一定的。不消说,我是希望它变成如我所期待的那一种,我们当真会成一个朋友。这也是我每一次同女人在一种泛泛的情形中接触时，就发生的一个希望。我竟不能使我更勇猛点，英雄点，做一个平常男子的事业，尽量的，把心灵迷醉到目下的欢乐中。我只深深的忧愁着：尽力扩张的结果，在他日，我会把我苦恼的分量加重，到逾过我所能担负的以外。我就又立时怜悯我自己起来。在一种欢乐空气中，我却不能做一点我应做的事，惟永远是向另一个虚空里追求，且竟先时感到了还未拢身的苦楚！

在朋友面前，我已证明我是一个与英雄相反的人了，我竟想逃。

在真实的谈话中，我们可以找出各人人格的质点来。在长期沉默里，我们可以使灵魂接近。但我都不愿去做。我欲从别人方面得到一个新的启示，把方向更其看得清楚，但我就怀了不安，简直不想把朋友看得透彻一点。力量于我，可说是全放到收集此时从视觉下可以吸入的印象上面去了。别人的话，我不听；我的话，却全不是我所应当说的，却夹七杂八的说。

"月亮真美呀！"

"月亮虽美，Láomei，你还更zuohen！"像朋友，短兵直入的夸赞，我却有我的拘束，想不到应如此说。

我的生涩，我的外形的冷静，我的言语，甚至于我的走路的步法，都不是合宜于这种空气下享受美与爱的，我且多了一层自知，我，熨贴别人是全无方法，即受Láomei们来安慰，也竟不会！

朋友们，所有的爱，坚固得同一座新筑成的城堡样，且是女墙上插了绣花旗子，鲜艳夺目。我呢，在默默中走着自己的道路而已。

到了一个地方，大家便坐了下来。行到可歇憩处便应休息，正同友情一个样子。

"我应该怎么办？"想起来，当真应当做一点应做的事，为他日证明我在此一度月圆时，我的青春，曾在这世界上月光下开了一朵小小的花过。从官能上，我应用一种欣赏上帝为人造就这一部大杰作样去尽意欣赏。这只是一生的刹那，稍纵，月儿会将西沉，人也会将老去！

Láomei, zuohen！（妹子，真美呀！）一个春天，全在你的身上。一切光荣，一切幸福，以及字典上一堆为赞美而预备的字句，都全是为你们年青Láomei而预备。

颇远的地方，有市声随了微风扬到耳边。月亮把人的影子安置到地上。大坪里碎琉璃片类，在月下都反射着星样的薄光。一切一切，在月光的抚弄下，都极其安静，入了睡眠。月边，稀薄的白云，如同淡白之微雾，又如同扬着的轻纱。

……单为这样一个良夜圆月,人即使陌生再陌生,对这上天的恩惠,也合当拥抱,亲吻,致其感谢!

一个足以自愕的贪欲,一个小小的自私,在动人的月光下,便同野草般在心中滋长起来了。我想到人类的灵魂用处来。我想到将在这不可复得之一刹那,在各人心头,留下一道较深的印子。在两人的嘴边,留下一个永远的温柔的回味。时间在我们脚下轻轻滑过,没有声息,初不停止,到明日,我们即已无从在各人脸上找出既已消失的青春了!用颇大的力量,把握到现实,真无疑虑之必须!

把要求提高,在官能上,我可以做一点粗暴点的类乎掠夺样的事情来,表示我全身为力所驱迫的热情,于自己,私心的扩张,也是并不怎样不恰当。且,那样结果,也未必比我这么沉默下来情形还更坏。照此行为,我也才能更像男子一点。一个男子,能用力量来爱人,比在一种女性的羞腼下盼望一个富于男性的女子来怜悯,那是好多了。

但我并不照到我的心去做。头上月亮,同一面镜子,我从映到地下的影子上起了一个颓唐的自馁的感慨,"不必在未来,眼前的我,已是老了,不中用了,再不配接受一个人的友情了。倘若是,我真有那种力量,竟照我自私的心去办,到他时,将更给我痛苦。这将成我一个罪孽,我曾沉溺到忏悔的深渊里,无从自救"。于是,身虽是还留在别人身边,心却偷偷悄悄的逃了下来,跑到幽僻到她要找也无从找的一处去了。

Láomei, zuohen! 一个春天,全在你的身上。一切光荣,一切幸福,以及字典上一堆为赞美而预备的字句,都全是为你们而有。一切艺术由你们来建设。恩惠由你们颁布给人。剩下来的忧愁苦恼,却为我们这类男子攫有了!

在蓝色之广大空间里:
月儿半升了银色之面孔,
超绝之"美满"在空中摆动,
星光在毛发上闪烁——如神话里之表现。

——《微雨·她》

我如同哑子,无力去狂笑,痛哭,宁静的在梦样的花园里勾留,且斜睇无声长坠之流星。想起《微雨·幽怨》的前段:

流星在天心走过,反射出我心中一切之幽怨。不是失望的凝结,抑攻击之窘迫,和征战之败北!……

心儿中有哀戚,他人的英雄,乃再形成我的无用。我乃

风的去处便是我的去处

留心沙上重新印下之足迹,让它莫在记忆中为时光拭尽。

"我全是沉闷,静寂,排列在空间之隙。"

朋友离我而他去,淡白的衣裙,消失到深蓝暗影里。我不能说生命是美丽抑哀戚。在淡黄色月亮下归来,我的心涂上了月的光明。倘他日独行旷野时,将用这永存的光明照我行路。

八月二十一日深夜

选自《沈从文全集》,北岳文艺出版社二〇〇二年十二月版

潜　渊

一

　　黄昏极美丽悦人。光景清寂，极静，独坐小蒲团上，望窗口微明，欧战从一日起始，至今天为止，已三十天。此三十天中波兰即已灭亡。一国家养兵至一百万，一月中即告灭亡，何况一人心中所信所守，能有几许力量，抗抵某种势力侵入？一九三九之九月，实一值得记忆的月份。人类用双手——头脑创造出一个惊心动魄文明世界，然此文明不旋踵立即由人手毁去。人之十指，所成所毁，亦已多矣。

九月××

二

读《人与技术》《红百合》二书各数章。小楼上阳光甚美,心中茫然,如一战败武士,受伤后独卧荒草间,武器与武力已全失。午后秋阳照铜甲上炙热。手边有小小甲虫爬行,耳畔闻远处尚有落荒战马狂奔,不觉眼湿。心中实充满作战雄心,又似觉一切已成过去,生命中仅残余一种幻念,一种陈迹的温习。

心若翻腾,渴想海边,及海边可能见到的一切。沙滩上为浪潮漂白的一些螺蚌残壳,泥路上一朵小小蓝花,天末一片白帆,一片紫。

房中静极。面对窗上三角形夕阳黄光,如有所悟,亦如有所惑。

十月××

三

晴。六时即起。甚愿得在温暖阳光下沉思,使肩背与心同在朝阳炙晒中感到灼热。灼热中回复清凉,生命从疲乏得到新生。久病新瘥一般新生。所思者或为阳光下生长一种造物(精巧而完美,秀与壮并之造物),并非阳光本身。或非造物,仅仅造物所遗留之一种光与影,形与线。

人有为这种光影形线而感兴激动的,世人必称之为"痴汉"。因大多数人都"不痴",知从"实在"上讨生活,或从"意义""名分"上讨生活。捕蚊捉虱,玩牌下棋,在小小得失上注意关心,引起哀乐,即可度过一生。生活安适,即已满足。活到末了,倒下完毕。多数人所需要的是"生活",并非对于"生命"具有何种特殊理解,故亦不必追寻生命如何使用,方觉更有意思。因此若有一人,超越习惯的心与眼,对于美特具敏感,自然即被称为痴汉。此痴汉行为,若与多数人庸俗利害观念相冲突,且成为罪犯,为恶徒,为叛逆。换言之,即一切不吉名词无一不可加诸其身,对此符号,消极意思为"沾惹不得",积极企图为"与众弃之"。然一切文学美术以及人类思想组织上巨大成就,常惟痴汉有分,与多数无涉,事情显明而易见。

十月××

四

金钱对"生活"虽好像是必需的,对"生命"似不必需。生命所需,惟对于现世之光影疯狂而已。因生命本身,从阳光雨露而来,即如火焰,有热有光。

我如有意挫折此奔放生命,故从一切造形小物事上发生嗜好,即不能挫折它,亦可望陶冶它,羁縻它,转变它。不知者以为留心细物,所志甚小。见闻不广,无多大价值物事,亦如宝贝,加以重视,未免可笑。这些人所谓价值,自然不离金钱,意即商业价值。

美固无所不在,凡属造形,如用泛神情感去接近,即无不可以见出其精巧处和完整处。生命之最大意义,能用于对自然或人工巧妙完美而倾心,人之所同。惟宗教与金钱,或归纳,或消灭。因此令多数人生活下来都庸俗呆笨,了无趣味。某种人情感或被世务所阉割,淡漠如一僵尸,或欲扮道学,充绅士,作君子,深深惧怕被任何一种美所袭击,支撑不住,必致误事。又或受佛教"不净观"影响,默会《诃欲经》本意,以爱与欲不可分,惶恐逃避,唯恐不及。像这些人,对于"美",对于一切美物、美行、美事、美观念,无不漠然处之,竟若毫无反应。

第四章　浮生如一梦

不过试从文学史或美术史（以至于人类史）上加以清查，却可得一结论，即伟人巨匠，千载宗师，无一不对于美特具敏锐感触，或取调和态度，融汇之以成为一种思想，如经典制作者对于经典文学符号排比的准确与关心。或听其撼动，如艺术家之与美对面时从不逃避某种光影形线所感印之痛苦，以及因此产生佚智失理之疯狂行为。举凡所谓活下来"四平八稳"人物，生存时自己无所谓，死去后他人对之亦无所谓。但有一点应当明白，即"社会"一物，是由这种人支持的。

十月××

五

饭后倦极。至翠湖土堤上一走。木叶微脱，红花萎悴，水清而草乱。猪耳莲尚开淡紫花，静贴水面。阳光照及大地，随阳光所及，举目临眺，但觉房屋人树，及一池清水，无不如相互之间，大有关系。然个人生命，转若甚感单独，无所皈依，亦无附丽。上天下地，粘滞不住。过去生命可追寻处，并非一堆杂著，只是随身记事小册三五本，名为记事，事无可记，即记下亦无可观。惟生命形式，或可于字句间求索得到一二，足供温习。生命随日月交替,而有新陈代谢现象,有变化,有移易。生命者,只前进,不后退,能迈进,难静止。到必须"温习过去",则目前情形可想而知。沉默甚久,生悲悯心。

我目前俨然因一切官能都十分疲劳,心智神经失去灵明与弹性,只想休息。或如有所规避,即逃脱彼噬心嚼知之"抽象"。由无数造物空间时间综合而成之一种美的抽象。然生命与抽象固不可分,真欲逃避,唯有死亡。是的,我的休息,便是多数人说的死。

十月××

六

在阳光下追思过去,俨然整个生命俱在两种以及无数种力量中支撑抗拒,消磨净尽,所得惟一种知识,即由人之双手所完成之无数泥土陶瓷形象,与由上帝双手抟泥所完成之无数造物灵魂有所会心而已。令人痛苦也就在此。人若欲贴近土地,呼吸空气,感受幸福,则不必有如此一分知识。多数人或具有一种浓厚动物本性,如猪如狗,或虽如猪如狗,惟感情被种种名词所阉割,皆可望从日常生活中感到完美与幸福。

第四章　浮生如一梦

譬如说"爱"，这些人爱之基础或完全建筑在一种"情欲"事实上，或纯粹建筑在一种"道德"名分上，异途同归，皆可得到安定与快乐。若将它建筑在一抽象的"美"上，结果自然到处见出缺陷和不幸。因美与"神"近，即与"人"远。生命具神性，生活在人间，两相对峙，纠纷随来。情感可轻翥高飞，翱翔天外，肉体实呆滞沉重，不离泥土。

××说："×××年前死得其所，是其时。"即"人"对"神"的意见，亦即神性必败一个象征。××实死得其时，因为救了一个"人"，一个贴近地面的人。但××若不死，未尝不可以使另外若干人增加其神性。

有些人梦想生翅膀一双，以为若生翅翼，必可轻举，向日飞去。事实上即背上生出翅膀，亦不宜高飞。如×××。有些人从不梦想。惟时时从地面踊跃升腾，作飞起势，飞起计。虽腾空不过三尺，旋即堕地。依然永不断念，信心特坚。如×××。前者是艺术家，后者是革命家。但一个文学作家，似乎必须兼有两种性格。

十月××

十月十六日摘抄

选自《烛虚》，上海文化生活出版社一九四一年八月版

生之记录

一

下午时,我伏倚在一堵矮矮的围墙上,浴着微温的太阳。春天快到了,一切草,一切树,还不见绿,但太阳已很可恋了。从太阳的光上我认出春来。

没有大风,天上全是蓝色。我同一切,浴着在这温暾的晚阳下,都没言语。

"松树,怎么这时又不做出昨夜那类响声来吓我呢?"

"那是风,何尝是我意思!"有微风树间在动,做出小小声子在答应我了!

"你风也无耻,只会在夜间来!"

"那你为什么又不常常在阳光下生活?"

第四章　浮生如一梦

我默然了。

因为疲倦，腰隐隐在痛。我想哭了，"在太阳下还哭，那不是可羞的事吗？"我怕在墙坎下松树根边侧卧着那一对黄鸡笑我，竟不哭了。

"快活的东西，明天我就要教养你的老田杀了你！"

"因为妒嫉的原故。"松树间的风，如在揶揄我。

我妒嫉一切，不止是人！我要一切，把手伸出去，别人把工作扔在我手上了，并没有见我所要的同来到。候了又候，我的工作已为人取去，随意的一看，又放下到别处去了，我所希望的仍然没有得到。

第二次，第三次，扔给我的还是工作。我的灵魂受了别的希望所哄骗，工作接到手后，又低头在一间又窄又霉的小房中做着了，完后再伸手出去，所得的还是工作！

我见过别的朋友们，忍受着饥寒，伸着手去接得工作到手，毕后，又伸手出去，直到灵魂的火焰烧完，伸出的手还空着，就此僵硬，让人漠不相关的抬进土里去，也不知有多少了。

这类安息了烧完了热的幽魂，我就有点妒嫉它。我还不能像他们那样安静的睡觉！梦中有人在追赶我，把我不能做的工作扔在我手上，我怎么不妒嫉那些失了热的幽魂呢？

我想着，低下头去，不再顾到抖着脚曝于日的鸡笑我，仍然哭了。

在我的泪点坠跌际，我就妒嫉它，泪能坠到地上，很快的消灭。

我不愿我身体在灵魂还有热的以前消灭。有谁人能告我以灵魂的火先身体而消灭的方法吗？我称他为弟兄，朋友，师长——或更好听一点的喊叫，只要把方法告我呀！

我忽然想起我浪了那么多年为什么还没烧完这火的事情了，研究它，是谁在暗里增加我的热。

——母亲，瘦黄的憔悴的脸，是我第一次出门做别人副兵时记下来的……

——妹，我一次转到家去，见我灰的军服，为灰的军服把我们弄得稍稍陌生了一点，躲到母亲的背后去，头上扎着青的绸巾，因为额角在前一天涨水时玩着碰伤了……

——大哥，说是"少喝一点吧"，答说"将来很难再见了"。看看第二支烛又只剩一寸了。说是"听鸡叫从到关外就如此了"，大的泪，沿着为酒灼红了的瘦颊流着，……

"我要把妈的脸变胖一点"，只想起这一桩事，我的火就永不能熄了。

若把这事忘却，我就要把我的手缩回，不再有希望了。……

可以证明春天将到的日头快沉到山后去了。我腰还在痛。

想拾片石头来打那骄人的一对黄鸡一下,鸡咯咯的笑着逃走去。若是我真能教老田杀它,我要吃它的脖腿。

把石子向空中用力掷去后,我只有准备夜来受风的恐吓。

二

灰的幕,罩上一切,月不能就出来,星子很多在动。在那只留下一个方的轮廓的建筑的下面,人还能知道是相互在这世上活着。我却不能相信世上还有两个活人。世上还有活东西我也不肯信。因为一切死样的静寂,且无风。

我没有动作,倚在廊下听自己的出气。

若是世界永远是这样死样沉寂下去,我的身子也就这样不必动弹,作为死了,让我的思想来活,管领这世界。凡是在我眼面前生过的,将再在我思想中活起来了,不论仇人或朋友,连那被我无意中搦死的吮血蚊子。

我要再来受一道你们世上人所给我的侮辱。

我要再见一次所见过人类的惨酷。

我要追出那些眼泪同笑声的损失。

我要捉住那些过去的每一个天上的月亮拿来比较。

我要称称我朋友们送我的感情的重量。

我要摩摩那个把我心碰成永远伤创的人的眼。

我要哈哈的笑,像我小时的笑!

我要在地下打起滚来哭,像我小时的哭!

…………

我没有那样好的运,就是把这死寂空气再延下去一个或半个时间也不可能——一支笛子,在比那堆只剩下轮廓的建筑更远一点的地方,提高喉咙在歌了。

听不出他是怒或是喜来,孩子们的嘴上,所吹得出的是天真。

"小小的朋友,你把笛子离开嘴,像我这样,倚在墙或树上,地上的石板干净你就坐下,我们两人来在这死寂的世界中,各人把过去的世界活在思想里,岂不是好吗?在那里,你可以看见你所爱的一切,比你吹笛子好多了!"

我的声音没有笛子的尖锐,当然他不会听到。

笛子又在吹了,不成腔曲,正可证明他的天真。

他这个时候是无须乎把世界来活在思想里的,听他的笛子的快乐的调子可以知道。

"小小的朋友,你不应当这样!别人都没有作声,为什么你来搅乱这安宁,用你的不成腔的调子?你把我一切可爱的复活过来的东西都破坏了,罪人!"

第四章　浮生如一梦

笛子还在吹。他若能知道他的笛子，有怎样大的破坏，对人影响到诅恨他时，怕也能看点情面把笛子放下吧。

什么都不能不想了，只随到笛子的声音。

沿着笛子我记起一个故事，六岁至八岁时，家中一个苗老阿妫，对我说出许多故事。关于笛子，她说原先是有个皇帝，要算①喜欢每日里打着哈哈大笑，成了疯子。皇后无法，把赏格悬出去，治得好皇帝的赏公主一名。这一来人就多了。公主美丽像一朵花，谁都想把这花带回家去。可是谁都想不出什么好法子来。有些甚至于把他自己的儿子，牵来当到皇帝面前，切去四肢，皇帝还是笑！同此这类笨法子很多。皇帝以后且笑得更凶了。到后来了一个人，乡下样子，短衣，手上空空，拿一枝竹子。皇后问：你可以治好皇帝的病吗？来人点头。又问他要什么药物来治，那乡下人递竹子给皇后看。竹子上有眼，皇后看了还是不懂。莫名其妙的一个乡下人，看样子还老实，就叫他去试试吧。见了皇帝，那人把竹子放住嘴边勒着，略一出气，皇帝就不笑了。第一段完后，皇帝笑病也好了。大家喜欢得了不得。……那名公主后来自然是归了乡下人。不过，结果公主学会吹笛子后，皇后却把乡下人杀了。……从

---

① 要算：凤凰方言，十分。

此笛子就传下来,因为有这样一段惨事,笛子的声音也愈悲。

阿妳人是早死了,所留下的,也许只有这一个苗中的神话了。(愿她安宁!)

我从那时起,就觉得笛子用到和尚们做法事是顶合式。因为笛子有催人下泪的能力,做道场接亡时,不能因丧事流泪的,便可以使笛子掘开他的泪泉!

听着笛子就下泪,那是儿时的事,虽然并不要我家中死什么人。二姐因为这样,笑我说是孩子脾气,有过许多回了。后来到她的丧事,一个师傅,正拿起笛子想要逗引家中人哭泣,我想及二姐生时笑我的情形,竟哭的晕去了。

近来人真大了,虽然有许多事情养成我爱保存小孩爱哭的脾气,可是笛子不能令我下泪。近来闻笛,我追随笛声,飏到虚空,重现那些过去与笛子有关的事,人一大,感觉是自然而然也钝了。

笛声灭了,我感到骤然的虚空起来。

——小小的吹笛的朋友,你是也在想什么吧?你是望着天空一个人在想什么吧?我愿你这时年纪,是只晓得吹笛的年纪!你若是真懂得像我那样想,静静的想从这中抓取些渺然而过的旧梦,我又希望你再把笛勒在嘴边吹起来!年纪小一点的人,载多悲哀的回忆,他将不能再吹笛了!还是吹吧,夜深了,不然你也就睡得了!

像知道我在期望,笛又吹着了,声音略变,大约换了一个较年长一点的人了。

抬起头去看天,黑色,星子却更多更明亮。

三

在雨后的中夏白日里,麻雀的吱喳虽然使人略略感到一点单调的寂寞,但既没有沙子被风吹扬,拿本书来坐在槐树林下去看,还不至于枯燥。

镇日为街市电车弄得耳朵长是嗡嗡隆隆的我,忽又跑到这半乡村式的学校来了。名为骆驼庄,我却不见过一匹负有石灰包的骆驼,大概它们这时是都在休息去了吧。在这里可以听到富于生趣的鸡声,还是我到北京来一个新发现。这些小喉咙喊声,是夹在农场上和煦可亲的母牛叫唤小犊的喊声里的,还有坐在榆树林里躲荫的流氓鹧鸪同它们相应和。

鸡声我的确至少是有了两年以上没有听到过了,乡下的鸡声则是民十[①]时在沅州的三里坪农场中听过。也许是还有别

---

① 民十:即1921年。

种原故吧，凡是鸡声，不问它是荒村午夜还是晴阴白昼，总能给我一种极深的新的感动。过去的切慕与怀恋，而我也会从这些在别人听来或许但会感到夏日过长催人疲倦思眠的单调长声中找出。

初来北京时，我爱听火车的呜呜汽笛。从这中我发见了它的伟大，使我不驯的野心常随着那些呜呜声向天涯不可知的辽远渺茫中驰去。但这不过是一种空虚寂寞的客寓中寄托罢了！若拿来同乡村中午鸡相互唱酬的叫声相比，给人的趣味，可又不相同了。

我以前从不会在寓中半夜里有过一回被鸡声叫醒的事情。至于白日里，除了电车的隆隆隆以外，便是百音合奏的市声！连母鸡下蛋时"咯大咯"也没有听到过。我于是疑心到北京城里的住户人家是没有养过一只活鸡的。然而，我又知道我猜测的不对了，我每次为相识扯到饭馆子去，总听到"辣子鸡""熏鸡"等等名色。我到菜市去玩时，似乎看到那些小摊子下面竹罩里，的确也又还有些活鲜鲜（能伸翅膀，能走动，能低头用嘴壳去清理翅子，但不作声）的鸡。它们如同哑子，挤挤挨挨站着却没有作声。倘若一个人从没看见过鸡，仅仅根据书上或别人口中传说"鸡是好勇狠斗，能引吭高唱……"鸡的样子，那么，见了这罩子下的鸡，我敢相信他绝不会以为

第四章　浮生如一梦

这就是鸡！若是他又不见过鸽子，但听说鸽子是老实驯善的半家禽呢，那他就会开口说这是鸽子。

它们之所以不能叫，或者并不是不会叫（因为凡鸡都会叫，就是鸡婆也能"咯大咯"），只是时时担惊受怕，想着那锋利的刀，沸滚的水，忧愁不堪，把叫的事就忘怀了呢！这本不值得我们什么奇异，譬如我们人到忧愁无聊（还不至于死）时，不是连讲话也不大愿意开口了吗？

然而我还有不解者，是：北京的鸡，固然是日陷于宰割忧惧中，但别的地方鸡，就不是拿来让人宰割的？为甚别的地方的鸡就有兴致来高唱愉快的调子呢？我于是乎觉得北京古怪。

看着沉静不语的深蓝天空，想着北京城中的古怪，为那些一递一唱鸡声弄得有点疲倦来了。日光下的小生物，行动野佻可厌而又可爱的蚊子，在空中如流星般晃去，似乎更其愉快活泼，我记起了"翩若惊鸿，宛若游龙"两句古典文章的用处来。

四

夜来听到淅沥的雨声，还夹着嗡嗡隆隆的轻雷，屈指计算今年消失了的日月，记起小时觉得有趣的端阳节将临了。

这样的雨，在故乡说来是为划龙舟而落。若在故乡听着，

243

将默默的数着雨点,为一年来老是卧在龙王庙仓房里那几只长而狭的木舟高兴,童心的欢悦,连梦也是甜蜜而舒适!北京没有一条小河,足供五月节划龙舟的娱乐,所以我觉得北京的端阳寂寞。既没有划龙舟的小河,而为划龙舟而落的雨又依旧这样落个不止,我于是又觉得这雨也异常落得寂寞而无聊了。

雨是哗喇哗喇的落,且当作故乡的夜雨吧:卧在床上已睡去几时候的九妹,为这么一个炸雷惊醒后,耳朵中听到点点滴滴的雨声了,又怕又喜,将搂着并头睡着的妈的脖颈,极轻的说:

"妈,妈,你醒了吧。你听又在落雨了!明天街上会涨水,河里自然也会涨水。说不定莫把北门河的跳岩也淹过了呢。我们看龙舟会又非要到二哥的干爹那吊楼上不可了!那桥上的吊楼好是好,可是若不大涨水,我们仍然能站到玉英姨她家那低一点的地方去看,无论如何要有趣一点。我又怕那楼高,我们既不放炮仗,站到那么高高的楼上去看有什么意思呢。妈,妈,你讲看:到底是二哥干爹那高楼上好——还是玉英姨家好呢?"

——"我宝宝说得都是。你喜欢到哪一处就去哪处。你讲哪处好就是哪处。"妈的答复,若是这样能够使九妹听来满意,那么,九妹便不再作声,又闭眼睛做她的龙舟梦去了。

第二天早上,我倘若说:

第四章　浮生如一梦

——老九，老九，又涨大水了。明天，后天，看龙船快了！你预备的衣服怎样？这无论如何不到十天了啦！

她必又格登格登跑到妈身边去催妈为赶快把新的花纺绸衣衫缝好，说是免得又穿那件旧的现成的花格子洋纱衫子出丑。其实她衣所差者，不过一排扣子同领口上没完工，然而她那衣服及时没有缝成的恐怖，占住心里，终不能禁止她莫着急去同妈唠叨。

晚上既是这样大雨，则一到早上来，放在檐口下的那些木盆木桶会满盆满桶的装着雨水了。这雨水省却了我们到街上喊卖水老江进屋的功夫。包粽子的竹叶子便将在这些桶里洗漂。

只要是落雨，可以不用问它大小，都能把小孩子引到端节来临的欢喜中去。大人们呢，将为这雨增添了几分忙碌。

但雨有时会偏偏到五日那一天也不知趣大落而特落的。（这是天的事情，谁能断料的定？）所以，在这几天，小孩子人人都有一点工作——这是没有哪一个小孩子不愿抢着做的工作：就是祈祷。他们诚心祈祷那一天万万莫要落下雨来，纵天阴没有太阳也无妨。他们祈祷的意思如像请求天一样，是各个用心来默祝，口上却不好意思说出。这工作既是一般小孩的事，是以九妹同六弟两人都免不了背人偷偷的许下愿心——大点的我，人虽大了，愿天晴的心思却不下于他俩。

于是,这中间就又生出争持来了。譬如谁个胆虚一点,说了句:

"我猜那一天必要落雨呀。"

那一个便"不,不,决不!我敢同谁打赌:落下了雨,让你打二十个耳刮子以外还同你磕一个头。若是不,你就为我——"

"我猜必定要下,但不大。"虚心者又若极有把握的说。

"那我同你打赌吧。"

不消说为天晴袒护这一方面的人,当听到雨必定要下的话时气已登脖颈了!但你若疑心到说下雨方面的人就是存心愿意下雨,这话也说不去。这里两人虚心,两人都深怕下雨而愿意莫下雨,却是一样。

侥幸雨是不落了。那些小孩子,对天的赞美与感谢,虽然是在心里,但你也可从那微笑的脸上找出。这些诚恳的谢词若用东西来贮藏,恐怕找不出那么大的一个口袋呢。

我们在小的孩子们(虽然有不少的大人,但这样美丽佳节原只是为小孩子预备的,大人们不过是搭秤的猪肝罢了)喝彩声里,可以看到那几只狭长得同一把刀一样的木船在水面上如掷梭一般抛来抛去。一个上前去了,一个又退后了;一个停顿不动了,一个又打起圈子演龙穿花起来:使船行动的是几个红背心绿背心——不红不绿之花背心的水手。他们用小的桡桨促船进退，而他们身子又让船载着来往，这在他们真可以说是用手在那里走路呢。

……

过了这样发狂似的玩闹一天，那些小孩子如像把期待尽让划船的人划了去，又太平无事了。那几只长狭木船自然会有些当事人把它拖上岸放到龙王庙去休息，我们也不用再去管它，"它不寂寞吗？"幸好爱遇事发生疑问的小孩们还没有提出这么一个问题来为难过他妈。但我想即或有聪明小孩子问到这事，还可以用"它已结结实实同你们玩了一整天，所以这时应得规规矩矩睡到龙王庙仓下去休息！它不是像小孩子爱热闹，所以也不会寂寞！"这些话来回答。

从此一天后，大人小孩似乎又渐渐的把昨日那几把水上抛去的梭子忘却了——普通就很难听到别人从闲话中提到这梭子的故事。直到第二年，五月节将近，龙舟雨再落时，又才有人从点点滴滴中把这位被忘却的朋友记起。

五

我看我桌上绿的花瓶，新来的花瓶，我很客气的待它，把它位置在墨水瓶与小茶壶之间。

天气近初夏了。各样的花都已谢去。这样古雅美丽的瓶子，适宜插丁香花。适宜插藤花，一枝两枝，或夹点草，只要是青的，或是不很老的柳枝，都极其可爱。但是，各样花都谢了，或者是不谢，我无从去找。

让新来的花瓶，寂寞的在茶壶与墨水瓶之间过了一天。

花瓶还是空着，我对它用得着一点羞惭了。这羞惭，是我曾对我的从不曾放过茶叶的小壶，和从不曾借重它来写一点可以自慰的文字的墨水瓶，都有过的。

新的羞惭，使我感到轻微的不安。心想，把来送像廷蔚那种过时的生活的人，岂不是很好么？因为疲倦，虽想到，亦不去做，让它很陌生的，仍立在茶壶与墨水瓶中间。

懂事的田，见了新的绿色花瓶，知道自己新添了怎样一种职务了，不待吩咐，便走到农场边去，采得一束二月兰和另外一种不知名的草花，把来一同插到瓶子里，用冷水灌满了瓶腹。

既无香气，连颜色也觉可憎……我又想到把瓶子也同摔到窗外去，但只不过想而已。看到二月兰同那株野花吸瓶中的冷水。乘到我无力对我所憎的加以惩治的疲倦时，这些野花得到不应得的幸福了。

第四章　浮生如一梦

　　天气近初夏了，各样的花都已谢去，或者不谢，我也无从去找。

　　从窗子望过去，柏树的叶子，都已成了深绿，预备抵抗炎夏的烈日，似乎绿也是不得已。能够抵抗，也算罢了。我能用什么来抵抗这晚春的懊恼呢？我不能拒绝一个极其无聊按时敲打的校钟，我不能……我不能再拒绝一点什么。凡是我所憎的都不能拒绝。这时远远的正有一个木匠或铁匠在用斧凿之类做一件什么工作，钉钉的响，我想拒绝这种声音，用手蒙了两个耳朵，我就无力去抬手。

　　心太疲倦了。

　　绿的花瓶还在眼前，若知道我的意思的田，换上了新从外面要来的一枝有五穗的紫色藤花。淡淡的香气，想到昨日的那个女人。

　　看到新来的绿瓶，插着新鲜的藤花，呵，三月的梦，那么昏昏的做过！

　　……想要写些什么，把笔提起，又无力的放下了。

西山

选自《鸭子》，北新书局一九二六年十一月版

水 车

"我是个水车,我是个水车",它自己也知道是一个水车,尝自言自语这样说着。它虽然有脚,却不曾自己走路,然而一个人把它推到街上去玩,倒是隔时不隔日的事。清清的早晨,不问晴雨,住在甜水井旁的宋四疤子,就把它推起到大街小巷去串门!它与在马路上低头走路那些小煤黑子推的车身分似乎有些两样,就是它走路时,像一个遇事乐观的人似的,口中总是不断的哼哼唧唧,唱些足以自赏的歌。

"那个煤车也快活,虽不会唱,颈脖下有那么一串能发出好听的声音的铃铛,倒足示骄于同伴!……

"我若也有那么一串,把来挂在颈脖下,似乎数目是四个或五个就够了,那又不!……"

它有时还对煤车那铃铛生了点羡慕。然而它知道自己是

第四章 浮生如一梦

不应当颈脖上有铃铛的,所以它不像普通一般不安分的人,遇到失望就抑郁无聊,打不起精神。铃子虽然可爱,爱而不得时,仍不能妨碍自己的唱歌!

"因失望而悲哀的是傻子。"它尝想。

"我的歌,终日不会感到疲倦,只要四疤子肯推我。"它还那么自己宣言。

虽说是不息的唱,可是兴致也好像有个分寸。到天色黑下来,四疤子把力气用完了,慢慢的送它回家去休息时,看到大街头那些柱子上,檐口边,挂得些红绿圆泡泡,又不见有人吹它燃它,忽然又明,忽然又熄。

"啊啊,灯盏是这么奇异?是从天上摘来的星子同月亮?……"为研究这些事情堕入玄境中,因此歌声也轻微许多了。

若是早上,那它顶高兴:一则空气早上特别好,二则早上不怕什么。关于怕的事,它说得很清楚——

"除了早上,我都时时刻刻防备那街上会自己走动的大匣子。大概是因为比我多了三只脚罢,走路又不快!一点不懂人情世故,只是飞跑,走的还是马路中间最好那一段。老远老远,就喝喝子喊起来了!你让得只要稍稍慢一点,它就冲过来撞你一拐子。撞拐子还算好事。有许多时候,我还见它把别个撞倒后就毫不客气的从别个身上踩过去呢。

"幸好四疤子还能干,总能在那匣子还离我身前很远时,就推我在墙脚前歪过一边去歇气。不过有一次也就够担惊了!是上月子罢,四疤子因贪路近,回家是从辟才胡同进口,刚要进机织卫时,四疤子正和着我唱《哭长城》,猛不知从西头跑来一个绿色大匣子,先又一个不作声,到近身才咯的一下,若非四疤子把我用劲扳下了,身子会被那凶恶东西压碎了!

"那东西从我身边挨过去时,我们中间相距不过一尺远,我同四疤子都被它吓了一跳,四疤子说它是'混账东西',真的,真是一个混账东西!那么不讲礼,横强霸道,世界上哪里有?"

早上,匣子少了许多,所以水车它要少担点心,歌也要唱得有劲点。

那次受惊的事,虽说使它不宁,但因此它得了一种新智识。以先,它以为那匣子身上既如此漂亮,到街上跑时,又那么昂昂藏藏,一个二个雄帮帮的,必是也能像狗与文人那么自由不拘,在马路上无事跑趟子,自己会走路,会向后转,转弯也很灵便的活东西,是以虽对于那凶恶神气有点愤恨,然权威的力量,也倒使它十分企慕。当一个匣子跑过身时,总啧啧羡不绝口——

"好脚色,走得那么快!"

"你看它几多好看!又是颜色有光的衣服,又是一对大眼睛。橡皮靴子多么漂亮,前后还佩有金煌煌的徽章!"

"我更喜欢那些头上插有一面小小五色绸国旗的……"

"身上那么阔气,无怪乎它不怕那些恶人,(就是时常骂四疤子的一批恶人)恶人见它时还忙举起手来行一个礼呢!"

还时时妄想,有一天,四疤子必也能为它那么装扮起来的事。好几次做梦,都觉得自己那一只脚已上了一只灰色崭新的橡皮套鞋,而头上也有那么一面小国旗,不再待四疤子在后头推送,自己就在西单牌楼一带人阵里乱冲乱撞,穿黄衣在大街上站岗的那恶人也一个二个把手举起来,恭恭敬敬的了。

从那一次惊吓后,它把"人生观"全变过来。因为通常它总无法靠近一个匣子身边站立,好细心来欣赏一下所钦佩的伟东西的内容。这一次却见到了,见了后它才了然。它知道原来那东西本事也同自己差不了许多。不仅跑趟子快慢要听到坐在它腰肩上那人命令,就是大起喉咙吓人让路时的声音,也得那人扳它的口。穿靴子其所以新,乃正因其奴性太重,一点不敢倔强的原故,别人才替它装饰。从此就不觉得那匣子有一点可以佩服处了,也不再希望做那大街上冲冲撞撞的梦了,"这正是一个可耻的梦啊",背后的忏悔,有过很久时间。

近来一遇见那些匣子之类,虽同样要把身子让到一边去,然而口气变了。

"有什么价值?可耻!"且"嘘""嘘"不住的打起哨子表示轻蔑。

"怎么,那匣子不是英雄吗?"或一个不知事故的同伴过问。

"英雄,可耻!"遇到别个水车问它时,它总做出无限轻蔑样子来鄙薄匣子。本来它平素就是忠厚的,对那些长年四季不洗澡的脏煤车还表同情,待粪车也只以"职务不同"故"敬而远之",然在匣子面前,却不由得不骄傲了。

"请问:我说话是有要人扳过口的事吗?我虽然听四疤子的命令,但谁也不敢欺负谁,骑到别个的身上啊!我请大家估价,把'举止漂亮'除开,看谁的是失格!"

假使"格"之一字,真用得到水车与汽车身上去,恐怕水车的骄傲也不是什么极不合理的事!

十一月六日窄而霉斋

选自《鸭子》,北新书局一九二六年十一月版

图书在版编目（CIP）数据

风的去处便是我的去处 / 沈从文著. -- 成都：天地出版社, 2025. 8. -- ISBN 978-7-5455-8194-2

Ⅰ. I266

中国国家版本馆CIP数据核字第202594BD20号

FENG DE QUCHU BIANSHI WO DE QUCHU
风的去处便是我的去处

出 品 人	陈小雨　杨　政
作　　者	沈从文
责任编辑	张诗尧
责任校对	杨金原
封面设计	V　霄
责任印制	王学锋

出版发行	天地出版社
	（成都市锦江区三色路238号　邮政编码：610023）
	（北京市方庄芳群园3区3号　邮政编码：100078）
网　　址	www.tiandiph.com
电子邮箱	tianditg@163.com
经　　销	新华文轩出版传媒股份有限公司

印　　刷	北京天宇万达印刷有限公司
版　　次	2025年8月第1版
印　　次	2025年8月第1次印刷
开　　本	880mm×1230mm 1/32
印　　张	8.25
字　　数	144千字
定　　价	48.00元
书　　号	ISBN 978-7-5455-8194-2

版权所有◆违者必究

咨询电话：(028) 86361282（总编室）
购书热线：(010) 67693207（营销中心）

如有印装错误，请与本社联系调换